诗经中的似水流年

记忆如歌
过往欢宴

八月安妮 著

北京联合出版公司
Beijing United Publishing Co.,Ltd.

图书在版编目（CIP）数据

记忆如歌　过往欢宴：诗经中的似水流年 / 八月安妮著 . —北京：北京联合出版公司，2013.7（2022.10 重印）

ISBN 978-7-5502-1615-0

Ⅰ . ①记… Ⅱ . ①八… Ⅲ . ①《诗经》—诗歌研究Ⅳ . ① I207.222

中国版本图书馆 CIP 数据核字 (2013) 第 122056 号

记忆如歌　过往欢宴：诗经中的似水流年

作　　者：八月安妮
出 品 人：赵红仕
责任编辑：王　巍　朱家彤
封面设计：吴黛君

北京联合出版公司出版
（北京市西城区德外大街83号楼9层 100088）
北京新华先锋出版科技有限公司发行
大厂回族自治县德诚印务有限公司印刷　新华书店经销
字数155千字　620毫米×889毫米　1/16　14印张
2013年7月第1版　2022年10月第3次印刷
ISBN 978-7-5502-1615-0
定价：59.00元

序　言

——《诗经》原来可以这样读

“关关雎鸠，在河之洲。窈窕淑女，君子好逑。”翻开《诗经》的第一页，我们就被一条蜿蜒清澈的溪流挡住了去路。这是一条没有名字的河流，而它却见证了一段美丽的爱情。两千多年前的浪花直到今天依然泛着淡淡的涟漪，是谁在岸边行走，且歌且哭。时光与记忆隔着同一条河与我们遥遥相望，如今，它又借助单薄的纸张传颂着祖先的吟唱。

英国诗人库珀曾经说过：“上帝创造了乡村，人类创造了城市。”《诗经》在我们的心中，犹如东方的《圣经》一样崇高与尊贵，它记录着古老的中华民族光荣的农业文明。翻开这部书页泛黄的典籍，我们会由衷地感叹，那里面生活的人们是多么幸运，因为他们生活在离造物主最近的地方，房屋门前就是原野、山峦和岩石，一切的一切都是造物主最原始的作品，散发着造物主创世时的迷人芬芳。只有田野里纵横交错的阡陌是属于他们自己的。于是采诗官们奔走于田间地头，聆听着大自然勃勃的生机和人类豪迈的嗓音。

“七月流火，九月授衣。”伴随星辰的坠落，纸上浮现出耕种、狩猎、婚嫁、祭祀、园艺、兵役的场景。这是人类一代又一代传承下来的生活方式。七月在野，八月在宇，九月在户，十月蟋蟀入我床下。《诗经》把我们带回到人类最质朴的年代，日出而作，日落而息。我仿佛置身于鸡犬之声相闻的村落，模仿祖先，开始刀耕火种的事业。在阅读中我们目睹了古人的生活。

《诗经》里的电闪雷鸣，使一个失去记忆力的民族，蓦然找到了被遗忘的角落。《诗经》将我们引领到一个河流纵横交错的地带，水雾弥漫，扑面而来，模糊了人们的视线。《诗经》本身就是一条河流，一条历史的河流、艺术的河流，秉烛夜读，我们仿佛成为一尾潜游其中的鱼，在《诗经》的河流里畅游。

我们的血管，也已形成那条河的支流。我们呼吸着芬芳，接受着滋养。这是一条没有名字的河，在时间的地图里无从查考，但是它岸边生长的蒹葭却因为爱情，让我们记住了它。

今天的我们已经无法回到《诗经》的时代，那个刀耕火种、男耕女织的时代，我们已经无法恢复古人的那份单纯与天真。只能在《诗经》的指引下回望那纯真的年代，眺望那阳光灿烂的日子。那是人类的童年，心灵深处回荡着银铃般灿烂的童音。今天的世界，充斥着欲望和高音喇叭的噪音，而每次翻开《诗经》，却可以聆听那来自远古的天籁回音。

《诗经》，穿越了西周到春秋长达500年的岁月风尘，在历史的长河中缓缓流淌，三百个故事，三百个心情，拂去了历史的烟尘，幻化出万千风情。或是浅吟低唱，或是钟鼓齐鸣，颂声煌煌，歌声悠扬。淘尽时光的细沙，涤尽世间的尘埃，循着雎鸠的关关之声，穿过水边袅娜的蒹葭。她们明眸善睐，她们娴静柔美，她们大胆执着，她们活泼可爱。她们是蕴涵着古典情怀的女性，仿佛仙乐悠悠，让人在沉静中回味那一份雅致与美好。

一部《诗经》，多少优美曼妙的身影穿梭其间，人生百味，辣苦酸甜，交替浸染。经历，是一种财富，时间，记载着爱情的脚步。“昔我往矣，杨柳依依；今我来思，雨雪霏霏。”时光流逝如箭一般迅疾，永恒的爱情呈现出诗情画意。

爱，世界上最美的字眼，人世间永恒的主题。穿越时间的隧道，领略远古的诗意与甜美，花前月下的浪漫，辗转反侧的无眠，这就是爱的滋味。循着爱的歌声，沿着情的足迹，踏访《诗经》中的美丽与哀愁，追寻爱的源泉，品味我生之初的情愫。

目录

目录

执子归

劳动歌

断章阙

相思醉

关 雎

——千古爱恋的绝唱

【原文】

关关雎鸠[1]，在河之洲[2]。
窈窕淑女[3]，君子好逑[4]。

参差荇菜[5]，左右流之[6]。
窈窕淑女，寤寐求之[7]。

求之不得，寤寐思服[8]。
悠哉悠哉[9]，辗转反侧[10]。

参差荇菜，左右采之。
窈窕淑女，琴瑟友之[11]。

参差荇菜，左右芼之[12]。

窈窕淑女，钟鼓乐之。

【赏析】

《关雎》是我国最早的一部诗歌总集《诗经》中的首篇。古代说《诗》本有“四始”之说，而将《关雎》列为“风”之始，由此可见此诗是备受重视的，也因此而广为传诵。《诗经》中的“十五国风”大多数是这十五个国家的民歌，民歌本来就有许多是描写男女爱情的作品，《关雎》正是这样一篇产生于两千多年前的古老的民间恋歌。这首诗写一个男子爱上了一位美丽的姑娘，醒时梦中都不能忘怀，而又无法追求到。他面对悠悠的河水，耳闻沙洲上成双成对的雎鸠鸟欢乐地歌唱，看看水流中摇动的荇菜，那个姑娘在水边采荇菜的身影，便又浮现在他的眼前，这清晰的记忆，使他更加痛苦，以至出现了幻觉，仿佛同那个姑娘已结成了情侣，共同享受着婚后欢乐的生活。诗人触景生情，借助气氛的烘托，幻想境界的描述，生动地抒发了强烈的相思之情，真切感人。

《关雎》首先以描写河边滩头上一对鸣叫唱和的雎鸠鸟起兴，然后由此延伸，流露出男子的一片情思。雎鸠是一种水鸟，在古代的传说中，它们雌雄相伴、形影不离。关关是拟声词，指雎鸠鸟的相和而鸣。“关关雎鸠，在河之洲”，这既可以看作是作者所看到的景象，也可以认为是以挚鸟为比，以挚鸟的求偶为兴。一个年轻的小伙子，见到河洲上一对相亲相爱的水鸟，听到它们一唱一和的鸣叫，自然会引起自己无限的情思，何况他的心目中已经有了一位心爱的人。“窈窕淑女，君子好逑”，他是多么希望那位美丽贤淑的好姑娘，能够成为自己理想的配偶。第一句“关关雎鸠”，是写河边传来的鸟鸣，是所听到的；第二句“在河之洲”，是循声望去，是所见到的；第三句“窈窕淑女”，是对自己心仪之人的思，是所想到的；末句“君子好逑”，是主人公强烈的向往，在内心之中对自己默默地祝愿。虽然只是短短的四句，却层次分明，语约义丰。

第二章，以缠绵悱恻之情，直率地写出自己对贤淑女子的倾慕之心和相思之苦。这个青年男子所爱恋的乃是河边一位采摘荇菜的姑娘，“参差荇菜，左右流之”。荇菜，是一种水生植物，叶径一二寸，马蹄形，可以食用。“左右流之”，是描摹姑娘采摘荇菜时优美的身姿，顺着水流忽而侧身向左，忽而侧身向右地去采摘。“流，顺水之流而取之也。”（朱熹《诗集传》）正是这位采摘荇菜的姑娘在水边劳动时的窈窕身影，使他日夜相思，无法忘怀。“窈窕淑女，寤寐求之；求之不得，寤寐思服（思念）”非常形象地描写出了他追求、想念那位女子的迫切心情；“悠哉悠哉，辗转反侧”，是写他的相思之苦，已经到了寝食难安的程度。悠，长的意思，形容夜漫长却无法入睡，也是在描写绵绵不断的忧思。这里把两个“悠”字，以感叹的语气说出来，使其感情色彩得到加强和深化，把长夜无眠、思绪万千以至寂寞难耐的相思之苦，都深深地表现了出来。

所谓情到极处必生幻。紧接着就是第三章，笔锋一转，突然出现了“琴瑟友之”“钟鼓乐之”的欢快、热闹场面。这不啻是一个充满戏剧性的转变。“琴瑟友之”，“友”，亲密相爱，又以弹琴奏瑟，来比喻两人相会相处时的和谐愉快；“钟鼓乐之”，则是描写结婚时热闹非凡的场面。

毫无疑问，这正是这位饱受相思之苦的男子对未来的设想，是他日思夜想希望实现的愿望。当然，幻想并非现实，但是幻境皆由情所生，也是非常自然的。而这位抒情主人公，却已经沉醉于自己预想的成功之中了。这一爱情心理的描写，正与《秦风・蒹葭》中的主人公追寻所爱而不得，而出现了“宛在水中央”的幻影如出一辙，极富浪漫主义色彩和情调。而这其实正是对生活中所常见的爱情心理的细微捕捉和真实刻画。

古人在解释这首诗的时候，曾经用封建礼教加以涂饰，要么说它是“美后妃之德”，要么说它是“刺康王晏起”，名义上是“以史证诗”，实际上是对诗歌原意的一种歪曲。但是孔子在评说这首诗的风格特点时所说的两句话，却是有一定见地的，直到现在对我们仍有启发。孔子说：“《关雎》乐而不淫，哀而不伤。”（《论语・八佾》）这首诗作为一篇描写爱情的诗篇，它写思慕，写追求，写向往，既深刻细微，又知所当止。它虽然描写了一个年轻人追求爱情却求而不得的相思之苦，但又没有完全陷于难以自拔的低沉哀吟之中。它感情率直、淳朴、真挚、健康，是一篇难得的佳作。

《诗经》中的“国风”所选录的多是民间的歌，唱出的是百姓的心声，是人们在生活的真实体验中所得出的实实在在的道理。它的动人之处就在于说出了平凡的人们都能够体验到的人生经历和道理，它的光辉使那些文人创作的矫揉造作带有酸腐之气的作品顿时显得苍白无力。

老百姓的歌就和老百姓的话一样，朴实而真切，却往往能够一针见血，表达的内容和感情也是有血有肉的。男大当婚，女大当嫁，这是亘古不变的真理、自然的法则。好男儿见到好姑娘就会怦然心动，好姑娘见到好男儿也会倾慕不已，这是最合乎自然、最合乎人性的冲动。

怀春的妙龄少女，痴情的翩翩少年，爱的萌动，心的激荡，大概应该算作是人世间永恒的主题。真挚动人的情歌，可以说是千古绝唱。

《诗经》中的爱情

《诗经》从文学的角度写出了中国礼制完善之初时的周代社会男女交往的清纯本色，表现出对人生命本体的尊崇和对人的个体价值的肯定，为中国古代文化注入了情感的元素。爱情是人类特有的感情，也是一种自发的不由自主的情感冲动，同时也是个体的一种自我选择。《诗经》中的爱情诗，热烈而奔放，浪漫、清新而纯净，是心与心的交流，是情与情的碰撞。《郑风·溱洧》便是最具有代表性的一篇。这首诗所写的是郑国阴历三月上巳节男女聚会的情景。阳春三月，大地回暖，艳阳高照，鲜花遍地，众多男女齐集溱水、洧水岸边，临水祓禊，祈求美满的婚姻。一对情侣手持香草，穿行在熙熙攘攘的人群之中，感受着春天的气息，享受着甜蜜的爱情。他们边走边笑，并且互赠芍药作为定情之物。这首诗就像一首欢畅流动的乐曲，天真质朴而烂漫自由。它是最自然的人性，是一种充满生机的生命的体现，也是真正意义上的对天地精神的遵从。它是和谐、自由、平等的标志，散发着愉快与天真的气息。《邶风·静女》更是把当时青年男女在一起时的那种天真活泼、相互逗趣的情景写得活灵活现。一个别有心思逗惹，一个语带双关的凑趣，其开朗的性格、深厚的感情、愉快的情绪，跃然纸上。《卫风·木瓜》《郑风·萚兮》都带有明显的男女欢会的色彩，一首是互赠定情之物，表达相互之间的爱慕之情；一是邀歌对唱，借以表白已久的心迹。应该说，《诗经》中的这类爱情诗，展示给我们的是人类最美好的情感世界。这里没有世俗的偏见，有的只是个体生命本能的情感流露。这种淳朴、自然、浪漫的平等爱情，是汉代以后爱情诗的矫揉造作所无法比拟的。这种浪漫与明媚的爱情，如山野中充满勃勃生机的鲜花，虽然充满了野性，但却像滋养着生命的空气一样，培育着生活和情愫，塑造着生命和精神。

《诗经》中的爱情诗，大多是依据生活的逻辑，突出了情窦初开的青年男女对生命内在精神的渴望，还原了生命与生活的意义。《周南·关雎》就是这样一首炽热感人的情歌。诗中的相思之情是坦率的、直白的、大胆的："窈窕淑女，寤寐求之。求之不得，寤寐思服。悠哉悠哉，辗转反侧。"诗人对自己的感情丝毫不加以掩饰，对自己的愿望也丝毫不加以掩饰。这种浓烈的感情和大胆的表白，正是生命欲望和生理本能的自然显露。《召南·摽有梅》是少女在采梅子时的动情歌唱，吐露出的是珍惜青春、渴求爱情的热切心声。《诗经》中描写的爱情，没有礼教和贞洁观念的束缚，没有掺杂任何世俗功利的目的，是一种真正意义上的对人类纯真美好情感的讴歌。《郑风·野有蔓草》描写一对男女不期而遇的欢乐：原本是两个互不相识的人，只是因为气质和形象的吸引，自然地走到了一起。促成他们结合的因素是非常单纯而直接的，仅仅是对"有美"之"美"的情感直觉，一如"清扬婉兮"惊心动魄的感觉，将对异性的渴望表现为生命对人性真谛的追求，在瓦解和打破一切世俗观念的同时，也使此处的"邂逅"和两性血肉关系化为了性灵的合一。在这个意义上说，《诗经》是中国文学史上唯一的一部蜕去了脂粉与俗气的情爱文学圣典。作为民族青春时代的自由生活经历的真实记录，《诗经》的爱情诗昭示后人，要摆脱"非人"的镣铐，回到人之所以为人的真实境界，就必须赢得主体精神的自由，而这也正是《诗经》这部古老经典之所以具有不朽文化价值的根源所在。

【注释】

[1] 关关：水鸟鸣叫的声音。雎（jū）鸠：一种水鸟。

[2] 洲：水中的陆地。

[3] 窈窕（yǎo tiǎo）：内心、外貌美好的样子。淑：好，善。

[4] 君子：这里指女子对男子的尊称。逑（qiú）：配偶。

[5] 参差（cēn cī）：长短不齐的样子。荇（xìng）菜：一种多年生的水草，叶子可以食用。

[6] 流：用作“求”，意思是求取，择取。

[7] 寤（wù）：睡醒。寐（mèi）：睡着。

[8] 思：语气助词，没有实义。服：思念。

[9] 悠：忧思的样子。

[10] 辗转：转动。反侧：翻来覆去。

[11] 琴瑟：琴和瑟都是古时的弦乐器。友：友好交往，亲近。

[12] 芼：拔取。

【译文】

水鸟关关的鸣叫，栖息在河中沙洲。
善良美丽的姑娘，男儿心仪的配偶。

长短不齐的荇菜，姑娘们左采右摘。
善良美丽的姑娘，醒时梦中都想她。

想念追求不可得，醒时梦中长相思。

悠悠思念情意切，翻来覆去难入眠。

长短不齐的荇菜，姑娘们左摘右采。
善良美丽的姑娘，弹琴鼓瑟亲近她。

长短不齐的荇菜，姑娘左右去采摘。
善良美丽的姑娘，敲钟击鼓取悦她。

蒹 葭

——水边的爱慕与追求

【原文】

蒹葭苍苍[1]，白露为霜。
所谓伊人[2]，在水一方。

溯洄从之[3]，道阻且长。
溯游从之[4]，宛在水中央。

蒹葭凄凄[5]，白露未晞[6]。
所谓伊人，在水之湄[7]。

溯洄从之，道阻且跻[8]。
溯游从之，宛在水中坻[9]。

蒹葭采采[10]，白露未已[11]。

所谓伊人，在水之涘[12]。

溯洄从之，道阻且右[13]。

溯游从之，宛在水中沚[14]。

【赏析】

在人们四季轮回的生活中，有一种季节常常会使文人感怀不已，有一种思绪总在不经意间掠过文人的心头，它就是能够寄寓文人伤感情怀的——秋季。

秋天是一个能够使文人心旌摇荡、抒发丰富情感的季节。“悲哉秋之为气也，萧瑟兮，草木摇落而变衰”“袅袅兮秋风，洞庭波兮木叶下”。秋风、秋雨、秋叶，不知在这种萧瑟的秋意中有多少情感化成了漫天飞舞的诗句。这其中一定会有这首《蒹葭》。

这首诗共分三个章节，每一章都以蒹葭起兴。诗中的“葭”指的是初生的芦苇，“蒹葭”则泛指芦苇。作者借芦苇、水、霜、露等意象营造出了一种朦胧、清新而又神秘的意境。作者在诗中描写了一个深秋的清晨，薄雾笼罩着一切，晶莹的露珠已经凝成了冰霜。一位男子为了自己心爱的人而上下求索，不畏艰难险阻，矢志不渝地追寻，沿着溪流追寻心中的“伊人”。由于水属阴性，所以诗中所描述的水就成了一位羞涩少女的象征，也就是男子苦苦追求的“伊人”。作者借水比喻婀娜、轻柔的女子的美，而那薄薄的雾就像是少女蒙在脸上的轻纱。

诗歌的第一章写的是男子隔水远望，“伊人”仿佛就在不远处若即若离。第二章和第三章则是第一章的反复咏叹，突出表现了男子追寻女子道路的漫长，和在路上遇到的艰险，从中表现出主人公不能走近“伊人”，却又永远不放弃希望的执着精神。在艺术手法上，《蒹葭》使用了“兴”的手法，让用作起兴的事物与所要描绘的对象形成了一个完整的艺术世界。

“蒹葭苍苍，白露为霜。”深秋的景色自然会使人平添一份无法割舍的幽暗与悲凉。在这样的季节里，独自走在河边，身旁已经没有伊人的陪伴了。但不管怎样，多情总比无情好，只要心中有情，不放弃追求就是一种无尽的幸福。就像诗中隐含着的这位少女，一会儿出现在水边，一会儿又出现在水之洲。岸边的石子、高高的芦苇又阻挡了男子寻觅的脚步，使他因为寻找不到那位少女而感到心如刀割。但是“所谓伊人”不管在水何方，无论“溯洄从之”还是“溯游从之”，男子都会心甘情愿地去寻找。这是一种可歌可泣的坚贞和追求精神。潺潺的河水曲曲折折地穿过芦苇丛，一直消失在尽头。一阵微风掠过，高高的芦苇一层层地低下头，就像海上泛起的波浪。《诗经》开卷第一首诗《关雎》也有：“关关雎鸠，在河之洲。窈窕淑女，君子好逑。”面对美好的伴侣，青年们敢于追求自己的爱情。这也正是《关雎》以及《蒹葭》所崇尚的一种对爱情的执着追求。

这首诗歌所描绘的是一幅优美又带有一丝感伤的图画。可以说整首诗都充满了浓浓的画意，正可谓是“诗中有画”，相得益彰。

诗中重点突出的就是男子对少女的追随与寻找。可以说，拥有就是一种幸福，而追寻就是一种诗意。在我们的人生中，很多东西都是可遇而不可求的。我们不必执着于佳人在怀的唯一期待，因为我们大概会在“此情可待成追忆，只是当时已惘然”的忧伤里，在不经意间悟出爱情的真谛。

而对于一位真正的求索者来说，目标是一种方向。当然达到目标固然是十分重要的，但是更重要的还是追逐的过程。因为人生本来就是一个不断追求的过程。生存的价值和意义，就存在于过程之中。同样，追求的价值和意义也存在于过程之中。如果我们忽视过程，只看重结果的话，那么我们就已经忽视了追求的本身。

无论从理论道德上来说，还是从实际情况上而言，那种尽善尽美的境界都是不可能达到的。换句话说，尽善尽美只是一种理念，一种心灵所追求的理想。但是它可以指引我们在平庸琐碎的生命历程中向前迈进，就像黑夜中永不熄灭的照亮前方道路的火把，使我们在迷途中能够拥有这个指南针，指引我们不断地追求、前进。

追寻之美

《诗经》中描写青年男女爱恋、感情的诗篇有很多，因此它们也成了《诗经》的一个亮点。在这些诗歌中，有的传达了一种温润委婉的爱恋，有的抒发出热烈执着的追求，有的表现了质朴大胆的爱慕，但是这首《蒹葭》却是《诗经》爱情诗中的一朵奇葩，因为它将以上种种的情爱都集中在了一种秋水白露般旷达静谧的相思之中，所以全诗所折射出的是一种极其特殊的美感！

《蒹葭》所表现出来的相思之情与其他描写青年男女爱情的诗相比，的确有其与众不同之处。例如与《关雎》相比，《关雎》中，男子对女子的思念的确十分真诚、炽烈，但是从“窈窕淑女，寤寐求之。求之不得，寤寐思服。悠哉悠哉，辗转反侧”中我们不难看出这份情感略微显得有些纷乱、焦灼。而在《蒹葭》中，诗人对少女的思念之情顺着小河的涓涓细流逐渐加深，显得平静却又含蓄，好像他的思念是秋水的一个部分，透着一种淡淡的哀伤和无奈。诗人将这种看似风轻云淡的情感演绎得无比真挚，虽然它没有“琴瑟友之”的热情呼唤，却有仿佛看见伊人浮现水中央的内心悸动；诗中没有“钟鼓乐之”的喧嚣，却有追求到底的决心，这种相思在静谧中显得十分深沉，并且略带哀伤，从而使这份情感又增添了一份凝重的韵味。

诗人在这首《蒹葭》中，不仅传达出了一种如秋水、秋霜般美丽的思念，还通过这种看似简单的感情将诗歌的意境构思成一幅唯美的画面，给人以无尽的遐想。诗歌中反复写到了小河的曲折弯转，并多次交代“伊人”仿佛出现的地点。这种朦胧、虚幻的画面不禁使我们产生出许多疑问：诗中的河真的是诗人面前的小河呢，还是“伊人”所在的地方？或者是诗人的心河？“伊人”究竟在哪儿？真的在河对面吗，还是在诗人无法找到的地方？诗人在诗中三次看见这位“伊人”“宛在水中央”，这也使读者产生了错觉，仿佛透过薄薄的秋雾看到了河中间的小洲上站着一位若隐若现、飘逸绝美的妙龄女子。这种想象将画面变得近乎完美，诗人的情感也就更加丰富、真实了。

《蒹葭》是《诗经》中表现“朦胧美”的名篇，之所以这么说是因为诗人以独特的手法将我们带到了一个充满情思的缠绵水乡。让我们在似真又假的境界中流连忘返。那么，诗歌的朦胧美究竟指的是什么呢？其实在所有的艺术审美形式中，朦胧美是最具代表性的一种审美形式。它存在于绘画、书法、音乐等多种艺术形式之中。画家认为："妙——存在于似与不似之间。"书法家则认为："书贵气韵神采。"音乐家提出："音乐贵在飘逸空灵。"这些观点都是在不同领域里对朦胧美的诠释。而在诗歌领域中，诗歌的朦胧美就在于委婉曲折之中，淡化对象，尽情地通过自己的想象去丰富审美对象的内涵，通过对审美对象的美化，从而加深对它的情感。不论是晚唐的李商隐，还是二十世纪八十年代异军突起的朦胧诗派，他们都用自己的诗歌诠释了朦胧美的含义。

在艺术手法上，"蒹葭""水"和"伊人"的形象交相辉映，浑然一体，开头写秋天水边芦苇丛生的景象，这正是"托象以明义"，具有"起情"的作用。因为水边芦苇丛生，又在天光水色的映衬之下，必然会呈现出一种迷茫的境界，这就从一个侧面显示出了诗的主人公心中的那个"朦胧的爱"的境界。写主人公的形象，则着力写他的远望。一开始，他若有所思地站在水边，向对岸望去，看到他所爱慕的那个姑娘正向水边走来，心里非常高兴；可是不久，芦苇挡住了他的视线，看不到她了。他以为那姑娘正向上游走去，也就沿着河岸向上走；走了长长的一段艰难而又曲折的路，却依旧是什么也没有看见。他没有灰心，又折回来去追寻她，最后终于看到她正站在河中的一个小洲上；这时他内心便充满了喜悦。十分明显，主人公与那位姑娘并无交往，甚至还不知道她的名字，但只要能够远远地望见她，也就心满意足了。这种爱是"朦胧"的，它的动人之处也正在于"朦胧"和距离感。

很多时候，富有朦胧美的诗歌是断裂的、跳跃的。由于诗人运用了变形的创作手法。所以往往很含蓄，回味绵长，充满了梦幻。这不仅仅在《蒹葭》中得到了很好的体现，获得了很好的效果。而且，在此以后，朦胧诗也成了诗坛中独特的一员，发挥出独特的魅力。

【注释】

[1] 蒹葭（jiān jiā）：芦苇。苍苍：茂盛的样子。

[2] 伊人：那个人。

[3] 溯洄：逆流而上。从：追寻。

[4] 溯游：顺流而下。

[5] 凄凄：茂盛的样子。

[6] 晞（xī）：干。

[7] 湄：岸边。

[8] 跻（jī）：登高。

[9] 坻（chí）：水中的小沙洲。

[10] 采采：茂盛的样子。

[11] 已：止，干。

[12] 涘（sì）：水边。

[13] 右：弯曲，迂回。

[14] 沚：水中的小沙洲。

【译文】

茂盛芦苇水边生，深秋白露结成霜。
我心思念的人儿，就在河的那一边。

逆流而上去追寻，道路崎岖且漫长。

顺流而下去追寻，仿佛就在水中央。

茂盛芦苇水边生，太阳初升露未干。
我心思念那个人，就在河的那一边。

逆流而上去追寻，道路险峻难攀登。
顺流而下去追寻，仿佛就在沙洲间。

茂盛芦苇水边生，太阳初升露珠滴。
我心思念那个人，就在河水岸边立。

逆流而上去追寻，道路弯曲行路难。
顺流而下去追寻，仿佛就在沙洲边。

汉 广

——无法如愿的单相思

【原文】

南有乔木，不可休思[1]。
汉有游女[2]，不可求思。

汉之广矣，不可泳思。
江之永矣[3]，不可方思[4]。

翘翘错薪[5]，言刈其楚[6]。
之子于归，言秣其马[7]。

汉之广矣，不可泳思。
江之永矣，不可方思。

翘翘错薪，言刈其蒌[8]。

之子于归，言秣其驹。

汉之广矣，不可泳思。
江之永矣，不可方思。

【赏析】

这是一首缠绵悱恻的恋情诗歌。年轻的樵夫钟爱着一位美丽的姑娘，却最终无法与她相依，眼睁睁地看着钟爱的姑娘嫁作他人妇。情思缠绕，无以为解，面对滔滔江水，他唱出了这一动人的歌谣，倾诉满怀的愁绪。

从诗句的结构来看，《汉广》分为三章，第一章独立结构，第二章和第三章复沓叠咏，较之《诗经》其他复沓的诗歌，好像并没有太大的差异。然而从艺术的角度来看，全诗章章相连，有其诗意的内在联系。

第一，全诗三章起兴的“南有乔木，不可休思”等句，揭示了青年樵夫正处于伐木割薪的劳动当中。方玉润在《诗经原始》中分析道：“首章先言乔木起兴，为采樵地；次即言刈楚，为题正面；三兼言刈蒌，乃采薪余事。”其将《汉广》诗的主旨概括为“江干樵唱”，否定《汉广》是一首恋情诗歌，这不免过于迂腐。

第二，从诗文结构上看，第一章独立于后面两章；但从诗句中所表露的情感看，前后两部分紧密相关，生动地传达出樵夫从心存希望到失望无奈这一真实曲折的情感变化。因为事实并不如人所愿，所以樵夫心中的渴望与追求，在遭受打击和破灭之时才显得真挚感人。虽然诗句中并未言明，但这位青年男子的一往情深，读者则得之言外。《汉广》从樵夫的失落和无望写起，第一章中的八句，有此处言之“不可”，把爱情追求的幻灭感表达得淋漓尽致，无以复加。一般在分析《诗经》中的诗文时，都习惯将首句作为起兴的句子。倘若换一种解法，将“汉有游女，不可求思”放在首句，如此一来，“南有乔木，不可休思”便可看作是一种比拟，合着“汉之广矣，不可泳思”“江之永矣，不可方思”，就组成了一段气势如虹的博喻。视觉上无法触及的无限怅惘，被完全显露出来。曾经的苦苦追恋，今时不堪回首。但心不死、情难断，将强烈的情感寄托于幻境之中。后面二章便着重描绘这一痴情的境界：“倘若有朝一日，‘游女’来嫁我，定要先将马儿喂得饱饱的；倘若‘游女’有朝一日来嫁我，定要让马儿将车儿拉。”然而幻觉毕竟是虚妄，一旦脱出虚幻的迷雾，便将跌入希望破灭的深渊。樵夫依旧痴情不改，后面两章对“汉广”“江永”的反复吟咏，已是幻影破灭后的无限失落之感。

第三，从诗所表现的意象来看，一位砍柴的青年樵夫，其痴恋的女子即将出嫁。一切已然无法挽回，他明知单相思没有结果，便借助歌谣的方式唱出心中的失落与伤痛。这其中的情感波折耐人寻味。爱情总显示其自私的一面，并且常常是带功利目的的。男子见到美貌女子常常会心动，而女子见到潇洒男子也会动情。由此便会想到占有，这便是情感自私的一面。如果再继续延伸，当得知自己所倾慕的对象将被别人据为己有时，便会心生妒忌，甚至做出蠢事来。

单恋的悲情固然令人怜惜，然而倘若换个角度看，将自己所心仪的异性当作审美对象，摒弃自私的心态与功利的目的，从欣赏的角度来对待事实，这也不失为明智之举。单恋的失落感和受折磨感，事实上是私心欲求遭到否定之后所表现出来的心理状态。对方无法为自己所有，自己的欲求得不到满足，心理上遭受挫折感，因而便以其他的方式来转移心中淤积的负面情绪。

在现实生活中，人人都有血有肉，在两性关系方面，很难摆脱失败恋情的纠葛，这样也就难以用一种单纯的毫无私欲的审美态度对待对方了。两性之间，要么做情人、恋人、夫妻，要么就成为陌生人或仇敌。是私欲使坠入爱河之中的人变得自私与盲目。有谁愿意去培植开花结果无望的植物？人们耕耘就是为了收获。有人为耕耘之后毫无结果而哀伤，这完全值得同情。何况这一曲哀歌已经成为人们传颂至今的千古绝唱。这种光明并不只是出现在一则故事的结尾，而是闪耀在整个生命历程之中。它由男女之爱播种而生，却又超越男女之爱。

别有一番滋味在心头

相思是有关人类情感的一个永恒的话题。相思是美丽而伤感的回忆与憧憬；是深入灵魂的牵挂和怀念；是日夜的企盼和希冀。相思，从千年前的《诗经》文学开始，穿过唐宋，“辗转反侧”至今时，依然坚守着“衣带渐宽终不悔，为伊消得人憔悴”的执着。

在古诗词中表现相思之情最具表现力的要算“芳草”这一意象了。芳草，自古就是“忠贞不渝”的象征，在屈原的名篇《离骚》中就有充分的体现，受其赞誉的“香草美人”数不胜数，如“畦留夷与揭车兮，杂杜衡与芳芷”“朝饮木兰之坠露，夕餐秋菊之落英”以及“芰荷、芙蓉、木根、薜荔”等，皆婀娜美艳。芳草生长细密繁茂，青绿满地，因而常用来寓意佳人离恨的无穷无尽。可谓意象万千，自然生动。

除因芳草意象引发的相思之情外，还有因罗裙与草色的相近而生发的联想："记得绿罗裙，处处怜芳草。"与之相比，如此相思更见细腻与多情，足见诗人用情之深。

飘逸的柳絮因其荡漾着的柔情蜜意而与愁绪相伴。"春思春愁一万枝""人言柳叶似愁眉，更有愁肠似柳丝""青青一树相思色""魂断千条与万条"等。枝条垂曼，似妇伏泣，更令人回肠百转、愁情万千。柳同"留"谐音，寓意离别之情，古有折柳赠别之说，唐时折柳赠别多在友朋之间，但发展到后来，尤其到了宋代，柳就变成了词人口中表现相思之情的象征物了。其中最为有名的佳句，如柳永的《雨霖铃》中表现情人分离场面的诗句："执手相看泪眼，竟无与凝噎"；烟波浩渺，感叹"多情自古伤别离"；后又借酒浇愁，"今宵酒醒何处，杨柳岸，晓风残月"。何等凄清，何等孤寂！

古时流传着一则有关柳树的趣闻：乾隆年间，扬州有一盐商善于经营，广交文人雅士。一天，盐商在西湖平山堂设宴，宾朋满座。酒过三巡，菜过五味，有人提议作诗助兴，且诗句中须有"飞""红"二字。不能作此者，罚酒三杯。扬州八怪之一的金农忽见湖畔杨柳依依，柳絮飘飞，于是就吟唱道："柳絮飞来片片红。"不想此吟刚罢，满堂哄笑。众人笑问：柳絮白色，如何"片片红"？金农答道，此乃元人佳作，有诗为证："二十四桥廿四风，凭栏犹记旧江东。夕阳返照桃花渡，柳絮飞来片片红。"此佳作中诗人独倚桥栏，遥忆当年江东旧事，二十四桥风月，饱含多少柔情，又有多少离恨！该诗实为相思怀人之佳作，且含蓄隽永，有情有思，耐人寻味。

琴瑟作为相思意象出现于诗词中的历史应属最长的。《诗经》首篇就是“窈窕淑女，琴瑟友之”。青年男子弹琴拨瑟来到淑女身旁，以琴音来传递自己的思慕与爱恋。

文人四艺“琴棋书画”以琴居首位，颇有些讲法。东晋的陶渊明虽不识音律，却仍备一张无弦素琴。每逢饮酒则信手抚“琴”，陶然忘我。旁人不解其意，则答曰：“但识琴中趣，何劳弦上音？”此语传为佳话。生活中寻觅的无非是一份情趣，又何须计较形式呢？嵇康以为琴“含至德之平和”，能“发泄幽情，畅和情志”，其《广陵散》一曲终成千古绝唱。而伯牙子期的知音故事也引为千古佳话。琴一向是文人之书房珍玩，即便不识五音，也可如陶渊明般豁达视之。

人们常用美酒来一醉解千愁，但醒后却往往更令人感到现实的无望与愁苦，眼前只看到“枝枝叶叶离情”的悲戚与“晓风残月”的孤独。因而，“借酒消愁愁更愁”，在片刻的销魂之后，依旧是满腹愁肠，无限相思情。

南唐中主李璟拿其词臣冯延巳打趣，问他：“吹皱一池春水，干卿底事？”大有讥讽其无病呻吟之意。然而偏偏李璟的《摊破浣溪沙》中也有一句“西风愁起绿波间”，寓意非常相近。冯延巳就回答说不如他的“细雨梦回鸡塞远”写得好。拐弯抹角地提醒他自己也写过这类的句子，只因他是皇帝，不好直说。很多时候，水常常成为心灵的观照，就如同这则故事中的诗意，在“吹皱一池春水”的同时，也吹皱了诗人的心灵，无端引出一段愁思：“终日望君君不至，举头闻鹊喜。”

水的晶莹剔透、绵延不绝，有如“剪不断，理还乱”的愁绪，因为很多时候寄予相思的“伊人”，总是“在水一方”，因而饱尝相思之苦的两人总是隔水相望："过尽千帆皆不是，斜晖脉脉水悠悠。"又如李清照所作的"惟有楼前流水，应念我，终日凝眸，凝眸处，从今又添一段新愁"，两眼痴望着楼前的无情流水，想到"花自飘零水自流"的易逝青春，怎能不临水长叹，无端又添一段新愁呢？

【注释】

[1] 休：休息，在树下休息。思：语气助词，没有实义。

[2] 汉：指汉水。游女：在汉水岸上出游的女子。

[3] 江：指长江。永：水流很长。

[4] 方：渡河的木排。这里指乘筏渡河。

[5] 翘翘：树枝挺出的样子。错薪：杂乱的柴草。

[6] 楚：灌木的名称，即荆条。

[7] 秣（mò）：喂马。

[8] 蒌（lóu）：草名，即蒌蒿。

【译文】

南山乔木高又大，切勿树下歇阴凉。
汉江之上有游女，想去追求不可得。

汉江绵延宽又广，想要渡过不可能。
江水滔滔长又长，乘筏渡过不可能。

柴草丛丛生满地，用刀割取荆棘条。

姑娘就要出嫁了，赶快喂饱她的马。

汉江绵延宽又广，想要渡过不可能。
江水滔滔长又长，乘筏渡过不可能。

柴草丛丛生满地，用刀割取那蒌蒿。
姑娘就要出嫁了，赶快喂饱小马驹。

汉江绵延宽又广，想要渡过不可能。
江水滔滔长又长，乘筏渡过不可能。

美人颂

硕　人

——千古绝唱颂佳人

【原文】

硕人其颀[1]，衣锦褧衣[2]。
齐侯之子，卫侯之妻。
东宫之妹[3]，邢侯之姨，
谭公维私[4]。

手如柔荑[5]，肤如凝脂。
领如蝤蛴[6]，齿如瓠犀[7]。
螓首蛾眉[8]，巧笑倩兮[9]，
美目盼兮[10]。

硕人敖敖[11]，说于农郊[12]。
四牡有骄[13]，朱幩镳镳[14]。
翟茀以朝[15]，大夫夙退，

无使君劳。

河水洋洋[16]，北流活活[17]。
施罛濊濊[18]，鳣鲔发发[19]。
葭菼揭揭[20]，庶姜孽孽[21]，
庶士有朅[22]。

【赏析】

本诗出自《诗经·卫风》，写的是庄公夫人庄姜出嫁，诗中盛赞夫人美丽绝伦。庄姜夫人是当时齐国太子的妹妹，一句“东宫之妹”，写出庄姜与太子是一母所生，都是王后的亲生骨肉，凸显出庄姜夫人身份的尊贵。有人说，美丽的庄姜夫人在嫁给卫庄公之后，就遭到了卫庄公的冷落，一直没能有子嗣，卫人同情她，就为她做了此诗。

阅罢此诗，展现在我们面前的简直就是一幅妙绝千古的“美人图”，而留给人们最鲜活的印象，无疑是“巧笑倩兮，美目盼兮”的动人画面。

此诗通篇使用了铺排的手法，吟诵了这位千古美人的方方面面。比如在第一章中，主要向人们介绍了她的出身，她的父兄、夫婿、兄弟、母亲以及其他亲戚，都是当时各诸侯国有头有脸的大人物，所以我们就知道了，她是一位出身很高的贵夫人。第三、四章主要描写了婚礼的场面，特别是在第四章的七句中，竟然连用了六个叠字，将婚礼场面的盛大与隆重描写得细致入微，而诗人的本意，则是要通过对她尊贵的出身、隆重的婚礼场面以及优美的自然景观的描写，或明或暗、或直接或间接地烘托出庄姜夫人无与伦比的美丽。而诗中直接描写她美貌的，除了开头部分的“硕人其颀，衣锦褧衣”之外，重点就在第二章了。在第二章中，诗人同样用了铺叙的手法，一连用了七个形象的比喻，细致入微地为我们刻画出了一幅精美绝伦的美女肖像图——从柔嫩的纤纤玉手，白皙光洁的肌肤，修长美丽的脖颈，整齐洁白的牙齿，到饱满的额头和黑亮的细眉，真是一个人间尤物啊！但即使这样，这些如工笔画般细致的描绘，究其艺术效果，显然比不上第一章中的“巧笑倩兮，美目盼兮”那般有意境。

清代的姚际恒非常欣赏此诗，他曾发出“千古颂美人者，无出其右，是为绝唱”的感叹。方玉润对他的“绝唱”之说非常赞同,此外,他还指出，这个美人其实真正美在“巧笑倩兮,美目盼兮”。孙联奎在他的《诗品臆说》中也发表了这样的观点，并且进一步道出美在这两句的原因所在：“《卫风》之咏硕人也，曰‘手如柔荑’云云，犹是以物比物，未见其神。至曰‘巧笑倩兮，美目盼兮’，则传神写照，正在阿堵，直把个绝世美人，活活地请出来，在书本上滉漾。千载而下，犹亲见其笑貌。”在他看来，“手如柔荑”这类的描写，只是刻画出美人的“形”，而“巧笑倩兮，美目盼兮”虽然只是短短八个字，却能够准确生动地传达出美人的“神”。也可以说，“手如柔荑”等句的描写停留在静态当中，而“巧笑倩兮，美目盼兮”则是一种动态的描写。在我们传统的审美观念中,“神”总是高于“形”的，而“动”也是优于“静”的。当然，对于形和静态的描写也是必不可少的，它们可以看作是神与动态之美的基础。如果没有这些基础的存在，那么再怎样搔首弄姿也只会被当成是东施效颦。我们要追求的是更富生命力的神之美和动态之美。形美可以达到让人赏心悦目的效果，而神美则可以让一个人为之心动不已。静止的形美，犹如一朵纸花，看起来毫无生机，而动态的神美则可以使一切变得鲜活、灵动，会让人产生身临其境的感觉，所描绘的事物顿时跃然纸上，似乎从纸中走进了你的心里，震撼着你的灵魂。在我们的现实生活中，一位天生丽质的美人固然能够留给你深刻的印象，但那些看似漫不经心的回眸一笑或者是含情一瞥却更令你难以忘怀。

在本诗中，“倩”“盼”二字是极富表现力的。古人将“倩”字解释为“好口辅”，“盼”字为“动目也”。其中，“口辅”是嘴角两边的意思，“动目”则是指眼珠的流转。现在，我们完全可以凭借自己丰富的想象力，想象出那醉人的笑靥和含情脉脉的双眸是多么令人销魂啊！虽然过去了几千年，然而当我们读到诗中“巧笑倩兮，美目盼兮”这两句的时候，仍然能够激活出心中对美的渴望与想象。

审视中国女性之美

女性之美在各个时代都有所不同，对它的认识可以说是一个不断变化的过程。

翻开《红楼梦》，满眼都是水一般的女子，我见犹怜。透过张爱玲的文字，看到她从异性的角度赏颜观色，但赏的是娇花照水之颜，观的是弱柳扶风之色。似乎世人的审美观念皆是如此。但是，《诗经》中的《硕人》一诗，却为我们揭示了古人特有的审美观念，由此我们才知道，原来我们的祖先也曾以健硕为美。

诗中的“硕人”指的是庄姜，她是卫庄公的夫人。根据诗中描写，这位夫人面容清秀，肤如凝脂，明眸皓齿，但却生得高大健硕。她“巧笑倩兮，美目盼兮”，端庄优雅，仪态万千，虽然出身高贵却衣着朴素。这种美是一种自然流露的美，一种健康的美。这种美，是中国古代对女性审美初步诉求的集中体现。而这种诉求源于蛮荒时期人类对生育女性的崇拜，这实际上也是一种对生命的崇拜。那个时候，由于受到自然条件的限制，人的寿命一般都不长，高大健硕的女性在人们眼中代表着健康和具有较强的生殖能力。女人丰满健壮的身体，代表了一种生命力，在与大自然抗争，性命得不到保障的年月里，高大健壮的女性更能激发出人们对于“美”的想象。

当人类社会发展到更高阶段，可以不单单凭借繁衍来维系种族的时候，这种对女性的崇拜逐渐演变成一种真正的审美观念。随着生存条件的改善，人类开始一步步地摆脱生殖崇拜。在女性审美观念的建立过程中，一些夹杂着浓郁的社会性、阶级性的审美理念被带入其中。在儒家思想的强烈倡导之下，“重德轻色”俨然已经成为一项重要的审美准则，一名女子可以相貌平平，但决不能够违背“三从四德”。

在20世纪之初，中国社会曾兴起一场妇女解放运动，这场运动解放出了一双双小脚，但它的最大成果却是解放了男人们被长期禁锢起来的审美规范。现在看来，他们其实是这场运动的最大受益者，因为从此以后，他们便可以像挑选衣服一样，把意中人揽入怀中，而不必经过繁文缛节的考核。但是，如果没有中国自古以来的压制人权的拘限，恐怕那些市井艳情审美早已泛滥开来，把“清水出芙蓉，天然去雕饰”的审美标准全部推翻。然而，中国人向来最常用的一招就是“上有政策，下有对策”。

既然道德界限是不可逾越的，那么就来钻文化的空子吧，于是，就出现了许多诸如妓女文化的东西，使中国许多所谓的好男人们得以在青楼审妓女的“色艺”之美。有人说，中国这种畸形的女性审美观开始于宋代，也有人说是五代十国。这些当然不用我们去考证，但是我们必须清楚的是，这种现象出现的标志是缠足运动的兴起。

我们不知道第一个缠足的女子是谁，但是可以想象得出，她的身体肯定不太健康，所以才导致足部发育不良，但是她偏偏又天生丽质，于是就招来一些庸人的模仿，她们模仿不出她美丽的容颜，便想要走捷径，只学了她的一双小脚，模仿出一样的身形步法来。据说，李煜为了使妃子们的舞姿看起来更为曼妙，就下令要她们将帛布缠于双脚。小脚女人走起路来必然是摇曳可人的，这就大大满足了中国男人们小小的虚荣心。但男人们似乎觉得这样做还不够，于是，他们又通过道德美学等一切手段去影响中国女性接受这种畸形的审美准则。然而令人惊讶的是，这种畸形的文化也有着旺盛的生命力。清兵入关以后，将汉人的礼俗通通消除，但只有缠足的恶习屡禁不止，后来甚至还将其发扬光大。缠足似乎已经成了中国男权时代的一个象征。

中国历史上，曾出现过一些真正的美女，她们的名字可谓家喻户晓，除了拥有惊人的姿色之外，她们还拥有着高贵的品德。我们熟知的美人王昭君、西施等，她们的外在美也许都已被模糊了记忆，但她们的高贵品德却使我们感觉到扑面而来的魅力。或许她们的容貌并非是华夏民族中最漂亮的，但她们的美德却被传诵至今。

可以说，一个民族健康的审美观可以体现出这个民族的前行动力。这种动力如引擎一般，不断牵引着我们奔向新的文明高度。在今天，全世界的女性审美观似乎日趋统一。人们越来越崇尚以健康为美，以自然和谐为美，这种统一充分体现了人们对生命的热爱和敬畏。

【注释】

[1] 硕：美。颀（qí）：身材修长的样子。

[2] 褧（jiǒng）：麻布制的罩衣，用来遮灰尘。

[3] 东宫：指太子。

[4] 私：姊妹的丈夫。

[5] 荑（tí）：白茅初生的嫩芽。

[6] 领：脖子。蝤蛴（qiú qí）：天牛的幼虫，身体长而白。

[7] 瓠（hù）犀：葫芦籽，洁白整齐。

[8] 螓（qín）：蝉类，头宽广方正。蛾：蚕蛾，眉细长而黑。

[9] 倩：笑时脸颊现出酒窝的样子。

[10] 盼：眼睛里黑白分明。

[11] 敖敖：身材苗条的样子。

[12] 说：同“税”，停车休息。农郊：近郊。

[13] 牡：雄，这里指雄马。骄：指马身体雄壮。

[14] 朱：红色。幩（fén）：马嚼铁外挂的绸子。镳镳（biāo）：盛貌。

[15] 翟茀（dí fú）：车后遮挡围子上的野鸡毛，用作装饰。

[16] 洋洋：河水盛大的样子。

[17] 北流：向北流的河。活活（guō）：水奔流的样子。

[18] 施：设，放下。罛（gū）：大渔网。濊濊（huò）：撒网的声音。

[19] 鳣（zhān）：大鲤鱼。鲔（wěi）：鳝鱼。发发（bō）：鱼多的样子。

[20] 葭（jiā）：初生的芦苇。菼（tán）；初生的荻。揭揭：长的样子。

[21] 庶姜：众姜，指随嫁的姜姓女子。孽孽：装饰华丽的样子。

[22] 士：指陪嫁的媵臣。朅（qiè）：威武的样子。

【译文】

美人淑女身修长，锦衣上面罩披风。
齐侯女儿体娇贵，嫁给卫侯到吾乡。
她和太子是兄妹，邢侯叫她小姨妹，
谭公是她亲姐夫。

双手柔嫩如春荑，娇肤宛若是凝脂。
粉颈细白如蝤蛴，玉齿整洁如瓜子。
方正额头细蛾眉，笑靥迷人真可爱，
秋波荡漾情意浓。

美人身纤又柔美，停车驻马在城郊。
四匹雄马真雄壮，马辔两边红绸飘。
鸟羽饰车来上朝，大夫也该早退朝，
勿让国君太操劳。

黄河之水声浩荡，奔流向北不复还。
撒开渔网来捕鱼，鲤鱼鳝鱼争相跳。
芦荻挺拔又健壮，随嫁女子服饰美，
滕臣高大又威武。

月　出

——明月皎皎映伊人

【原文】

月出皎兮[1]，佼人僚兮[2]。
舒窈纠兮[3]，劳心悄兮[4]。

月出皓兮[5]，佼人懰兮[6]。
舒忧受兮[7]，劳心慅兮[8]。

月出照兮，佼人燎兮[9]。
舒夭绍兮[10]，劳心惨兮[11]。

【赏析】

这首诗为我们展现了一幅月上柳梢头，惊艳月光下的古典浪漫画卷。

古典的浪漫总是特别的。月光温柔如水，树枝在风中轻轻摇曳，空气中飘浮着微微凉意，静谧的大地，偶尔响起阵阵虫鸣声，展现给我们的是如此特别的景致。身影若隐若现，举止似明似暗，似雾里看花一般，营造出的是这般特别的情怀。心态总是欲前不前，暗自撩动着心弦，不由得勾起阵阵忧伤。此情此景使人不能自已。

场景或许能够再现，而情却难以重复。如今的世界，是钢筋水泥的丛林，弥漫着灯红酒绿的喧嚣，充斥着笙歌燕舞的奢靡，无限膨胀的欲望，成了现代社会的标志。在这样的环境中，即使是最美妙浪漫的情怀，也会在声色犬马中化为乌有。

古典之美是沁人心脾的甘泉，而现代之美却充斥着强烈的刺激。而我们似乎已渐渐习惯了这种现代美。

每首诗都有自己的意境，而中国古代的咏月诗真是数不胜数，比如张若虚的《春江花月夜》、李白的《古朗月行》、杜甫的《闺中望月》，等等这些，不论它们的视角、形式和语言如何变换，似乎都只为一种迷离的意境，或者是一种怅惘的情调。这些最早可以追溯到《诗经》中的《月出》。

《月出》的意境是那样的迷离。诗人看到缓缓升起的明月，便开始思念他的情人。也许，正是看到月儿总是孤孤单单悬挂在无边的夜空中，不免让人产生诸多遐想。也许，因为它总是独自在夜空中普照着万物，世间的一切都被它的光辉所笼罩，披上了一层神秘的面纱，所以，许多月下怀人的诗句，总能给人以迷离旷远的感觉。诗人的情人，此时，也许近在咫尺，这朦胧的月光，却似乎又将他们隔离开来，离得很远很远，诗人怀想着情人此刻姣美的面容，她独自在月下踯躅的倩影，画面如幻似梦般扑朔迷离。

《月出》的情调是那样的惆怅。全诗分为三章，可以看出，各章前三句都是诗人的一种对情人的设想，而每章末句，则直抒胸臆，表达出诗人的思念之情。这份忧思与愁肠，都是在前三句的基础上产生的，都是由“佼人”月下倩影而引发的，充满了无限惆怅与无奈。其实，这种惆怅之情也蕴涵在前三句中：在这个静谧的月夜，“佼人”却为何要独自在月下踯躅？任凭夜风拂面，任凭夜露沾衣？难道她也在苦苦思念自己？

《月出》的语言是那样的缠绵。每一句都以感叹词“兮”字结尾，这在《诗经》的其他诗中并不常见。“兮”字，听起来那样的柔婉、平和，诗人的连续运用，正是在与无边的月色和无尽的思念相呼应，顿时让人有一唱三叹的感觉，真是回味无穷！此外，诗人用“皎”“皓”“照”来形容月色，用“僚”“懰”“燎”来形容美貌，用“窈纠”“忧受”“夭绍”来形容姿态，用“悄”“慅”“惨”来形容心情，这在古音韵中，属宵部韵或幽部韵，而宵韵和幽韵是相通的，所以，此诗可谓是一韵到底，使整首诗读起来和谐而优美。其中的“窈纠”“忧受”“夭绍”都是叠韵词，更能凸显出诗中语言的缠绵和婉约。其实，对于这些词意之间存在的细微的差异，现在我们已很难说清楚。而后人的诸多解释，坦白地讲，不能说没有望文生义之嫌，当然，这也是人们不得已而为之的。如今，我们只能通过全诗的意境和情调去领会诗中的含义。不过，这恰巧也可以使我们充分发挥自己的想象力，以填补历史变迁所造成的诗意上的空白。

寄情明月常有时

当我们遥望天上那轮明月时，不禁感叹有多少古今中外的文人墨客曾吟咏过它。我国古人最喜欢用“月”来抒发自己的情感。他们将丰富的感情都寄予在明月上，因此也就写出了大量美妙绝伦、回肠荡气的绝作。

“日中则移，月满则亏，物盛则衰”（《战国策·秦策》）；“照之有余辉，揽之不盈手”（晋·陆机《拟明月何皎皎》）；“小时不识月，呼作白玉盘”（李白《古朗月行》）；“举杯邀明月，对影成三人”（李白《月下独酌》）；“人攀明月不可得，月行却与人相随”“今人不见古时月，今月曾经照古人”（李白《把酒问月》）；“掬水月在手，弄花香满衣”（唐·于良史《春山夜月》）；“月儿弯弯照九州，几家欢乐几家愁”（宋·吾歌《京本通俗小说》）；“人逢喜事精神爽，月到中秋分外明”（明·冯梦龙《古今小说》）；“明月装饰了你的窗子，你装饰了别人的梦”（卞之琳《断章》）。在这些诗句中，我们能够清楚地看到这些诗人掬月入诗，借月寄思念，借月抒愁苦；或是表现良辰，描绘美景；或借此捧送才子，献给佳人；或邀月寄朋友，借以寄君王等。可谓是月悠悠，情亦悠悠。

借明月抒发情感的诗的种类繁多，例如思念幽情寄明月的“但愿人长久，千里共婵娟”（苏轼《水调歌头》）。苏轼在词中抒发了对弟弟苏辙的思念之情。现在却延伸为中华民族祝愿美好生活、寄托思念之情的佳句。“举头望明月，低头思故乡”（李白《静夜思》），这句诗所表达的是李白思乡的悠悠之情。

还有愁苦凄情托明月的诗句。“明月何皎皎，照我罗床帏”（《古诗十九首》之一），这是游子的离愁。“缺月昏昏漏未央，一灯明灭照秋床”（王安石《葛溪驿》），这是一种微微的思乡之幽情。“仰头看明月，寄情千里光”（南朝乐府民歌《秋歌》），这是思妇之怀远。“独坐对月心悠悠，故人不见使我愁”（苏舜钦《中秋夜》），这是对故人的愁思。“今宵酒醒何处？杨柳岸、晓风残月”（柳永《雨霖铃》），这看似淡景，却寓离人无限悲凄之苦。

第三种是男欢女恋惹明月。“明月在云间，迢迢不可得”（南朝•宋•谢灵运《东阳溪中赠答二首》），“明月”代指美丽的女子，此句活脱脱地写出了男子爱而欲得又不可得的焦灼心情。“美人迈兮音尘阙，隔千里兮共明月”（南朝・宋・谢庄《月赋》），真乃男女离别而心有灵犀一点通。“情人戏春月，窈窕曳罗裙”（南朝乐府民歌《子夜四时歌》），一对情人在春月下，嬉戏追逐的动人画面，读之立即浮现在我们读者眼前。“春风难期信，托情明月光”（南朝乐府民歌《读曲歌》），读来真有“月亮代表我的心”般的优美。一轮明月，不知惹出了多少男欢女爱之似水柔情，难怪民间有将撮合男女婚事的媒人称为“月下老人”一说。

表现旷远、豁达之意境的邀明月的诗句也是不胜枚举。例如“野旷沙岸净，天高秋月明”（谢灵运《初去郡》），诗人借明月抒发了自己旷远、豁达、宁静、愉悦的心情。因为此时谢灵运去官还家获得了解脱，故心情愉快。“星垂平野阔，月涌大江流”（杜甫《旅夜书怀》），诗人描写星辰撑开了夜的地幔，波光织出了金色的屏风，在这种阔远的境界中，更衬托自己旷达的胸怀。“落木千山天远大，澄江一道月分明”（黄庭坚《登快阁》），天之远大，月之分明，气象阔远，诗人的桀骜神情也是由此呈现在我们眼前的。

沙场、朝廷也常入“明月”之诗。“笛里谁知壮士心，沙头空照征人骨”（陆游《关山月》），边关的寒月，目睹了多少沙场上将士的热血。“璧月琼枝不复论，秦淮半已掠荒榛”（宋・张耒《怀金陵》），这首诗中揭示了朝廷的荒淫误国，使在沙场上保家卫国的将士感到心寒。

在表现良辰美景时，诗人也多用明月。例如：“明月松间照，清泉石上流”（王维《山居秋暝》），松间浮动着纤纤的月波，清泉在山涧幽鸣歌唱，这种景象真可谓是秋天中的春天。“高松漏疏月，落影如画地”（宋•文同《新晴山月》），这首诗的作者不仅是诗人，更是画家，因此他诗中的景象也就如同画一般，美不胜收。“疏影横斜水清浅，暗香浮动月黄昏”（林逋《山园小梅》），黄昏月衬托梅花，梅花更显妖娆而娇媚。“夜江雾里阔，新月迥中明”（南朝・陈・阴铿《五洲夜发》），在我们欣赏这首诗时，好像看到了深远、旷阔的美景，充分感受到宽广博大的胸怀。“帘月度斜晖，风光起余馥”（南朝•梁•萧子范《夏夜独坐》），则又是清幽之景致，宁静、恬然之感觉。

我国古代诗歌写思念、抒愁情的“明月”简直是世界之最。“明月”有其月阴、月晴、月圆、月缺等不同的变化形式，因此使诗人产生丰富的情感和诗兴，从而也就让今天的人们能够在古人唯美的诗词中，感受他们的感情思想和生活意趣。

【注释】

[1] 皎：明亮。

[2] 佼人：美人。僚：美好的样子。

[3] 窈纠（yǎo jiǎo）：女子舒缓的姿态。

[4] 劳：忧。悄：忧愁的样子。

[5] 皓：洁白。

[6] 懰（liú）：姣好的样子。

[7] 忧（yōu）受：徐迟的样子。

[8] 慅（cǎo）：忧愁的样子。

[9] 僚：美好。

[10] 夭绍：女子体态柔美的样子。

[11] 惨：忧愁烦躁的样子。

【译文】

月亮出来多明亮，美人仪容真美丽。
身姿曼妙步轻盈，让我思念又烦忧。

月亮出来多皎洁，美人仪容真姣好。
身姿曼妙步舒缓，让我思念又忧愁。

月亮出来光普照，美人仪容真美好。
身姿曼妙步优美，让我思念又烦躁。

离别恨

燕燕

——人生自古伤离别

【原文】

燕燕于飞[1]，差池其羽[2]。
之子于归，远送于野。
瞻望弗及，泣涕如雨！

燕燕于飞，颉之颃之[3]。
之子于归，远于将之。
瞻望弗及，伫立以泣。

燕燕于飞，下上其音。
之子于归，远送于南。
瞻望弗及，实劳我心。

仲氏任只[4]，其心塞渊[5]。

终温且惠[6]，淑慎其身。

先君之思，以勖寡人[7]。

【赏析】

人生在世，生死别离是在所难免的事情，而离别的心情和场景，却又显现出不同的人际关系和人生态度。

充满诗意的离别则是最让人心情激荡的。一步三回头，牵衣泪满襟，肝肠寸断，捶胸而叹，伫立寒风中，心中满怅然。这是何等的感人肺腑！而沟通双方心灵的，则是难以割舍的骨肉亲情。

这种情景和体验，是语言所无法描述和传达的，因为语言的表现力实在是太有限了。一个细微的形体动作，一个充满惆怅的眼神，默默无声的泪水，都是复杂微妙的内心世界的直接表达。所以，任何词语在这些情感的表达面前，都会显得苍白而无力，空洞而乏味，毫无诗意可言。

离别是以主观化的心境去映照对象、风物、环境，为没有生命的东西赋予全新的生命，为没有人格的事物赋予人格，把他人化作自我，把细枝末节夸大、凸显出来。这时，也就达到了物中有我，我中有物；你中有我，我中有你的境界。心和心产生了直接地碰撞，情与情实现了真正地交融。

我们的祖先赋予了离别以特殊的意味。有生离死别的痛彻心扉，也有“多情自古伤离别”的缠绵悱恻；有“风萧萧兮易水寒，壮士一去兮不复还”的悲壮，也有“桃花潭水深千尺，不及汪伦送我情”的深挚……在离别中，人们将深藏于内心的真情升华、外化，将悔恨与内疚镌刻进了骨髓之中，将留恋感怀化作了长久的伫立和无言的泪水，将庸俗与卑琐转化为高尚和圣洁。

别离因此而成了人生中的一种仪式，一种净化心灵的方式。上天看到了，也一定会对这种仪式赞许有加。

《燕燕》，《诗经》中最优美的抒情篇章，也是中国诗歌史上最悠久的送别之作。宋代的许顗就曾用“真可以泣鬼神”（《彦周诗话》）来赞叹它的艺术影响力及地位，王士禛则更是将其推崇为“万古送别之祖”（《带经堂诗话》）。吟诵诗章，体会诗意，依依惜别，情深意长，实在令人怅然若失，涕泪满襟。

我们可以从审美的角度来欣赏这首曾经使王士禛“枨触欲涕”的万古送别佳作。全诗共分四章，前三章重在渲染惜别的情境，而后一章则是深情地回忆被送者的种种美好德行。抒情深婉而语意沉重，诗人传神的敬意之情也油然而生。

诗的前三章以描写飞燕起兴，“燕燕于飞，差池其羽”“颉之颃之”“下上其音”。儒学大师朱熹在《朱子语类》中赞叹道：“譬如画工一般，直是写得他精神出。”阳春三月，群燕起舞，上下蹁跹，呢喃鸣唱。然而，诗人的用意并不仅仅是为人们描绘一幅“春燕试飞图”，而是以燕燕双飞的自由欢畅，来反衬同胞骨肉分别时的愁苦与哀伤。这就是所谓的“譬如画工”和“写出精神”。明代陈舜百在《读风臆补》中说：“‘燕燕’二语，深婉可诵，后人多许咏燕诗，无有能及者。”后人无法超越的原因就在于《燕燕》这首诗是兴中带比，以良辰美景反衬别愁离绪，因此“深婉可诵”。

一番景物描画之后，进入正题：“之子于归，远送于野。”父亲已经去世，妹妹又要远嫁，同胞骨肉今日即将分离，所谓“别时容易见时难”，此情此景，依依难舍。“远于将之”“远送于南”，送了一程又一程，离情别绪倍显黯然。

然而，送君千里，总有一别。远嫁的妹妹最终还是远去了，满载深情的兄长仍依依难舍。于是就出现了最感人的场景：“瞻望弗及，泣涕如雨”“伫立以泣”“实劳我心”。先是登高眺望，虽然车马已经看不见了，但是车马扬起的尘土却仍然可以看到；再后来就是眺望远处，却什么也看不到了，只是伫立在那里伤心流泪。可谓是兄妹情深，依依惜别，缠绵悱恻。前人对此，赞叹不已。清人陈震在《读诗识小录》中说：“哀在音节，使读者泪落如豆，竿头进步，在‘瞻望弗及’一语。”以“瞻望弗及”的动作情境，传达出兄长对妹妹的惜别哀伤之情，虽然不言怅别，而怅别之意却是溢于言表，这正是会心之言。

诗的前三章不断地重章复唱，在不断地重复之中表达深深的情意，而且是循序渐进的表述，将欢乐的场景与悲伤的情绪相对比，产生强烈的反差；从而把送别的情境和惜别的气氛，表现得深婉沉痛，不忍卒读。

为何兄长对妹妹如此依依不舍呢？诗的第四章由虚而实，转而来写被送者。原来妹妹非同一般，她是一个虑事周全，目光长远的人，而且性情温和而恭顺，为人谨慎、心地善良，是自己治国安邦的好帮手。在她执手临别的时候，还不忘赠言加以勉励：“莫忘先王的嘱托，成为百姓的好国君。”这一章是在写人，体现了上古先民对女性美德的极高评价。在写法上，诗人先概括地描述，然后再写人物的语言；这样就做到了静中有动，形象鲜活。而整首诗在谋篇布局上也可谓是独具匠心，各章在全篇的结构上也都有各自的讲究，前三章是以虚笔来渲染惜别的气氛，而最后一章则是以实笔来刻画被送的对象，采用了同《采蘋》相类似的倒装手法。

在《燕燕》之后，“瞻望弗及”和“伫立以泣”便成了表现惜别情境的原型意象，反复出现在历代的送别诗中。“伫立以泣”的“泪”，成了别离主题赖以生发的艺术意象和感情的催化剂。谢翱在《秋社寄山中故人》诗中的“燕子来时人送客，不堪离别泪湿衣”，可谓是对《燕燕》诗境最恰当地概括。“瞻望弗及”的惜别情境，则被历代诗人化用于不同的送别诗中。由此可见，《燕燕》一诗确为万古送别诗之祖。

相见时难别亦难

送别是中国古代诗词中最常见的主题之一，而这一类题材作品的出现、发展和成熟都有着深厚的社会文化背景。这一类诗词所描画的是人们对现实生活中种种离情别绪的体验，因为人类的感情是相似的，所以表达方式和艺术表现手法也就会有共通之处，但在共通之中往往又会体现出独特的艺术魅力。

人们在现实生活中，或者朋友相得，促膝而交；或者家人相亲，天伦尽享；或者情人相悦，款洽备至，都是至情至性之人所追求的至情至爱的境界。但是人事有浮沉，人生多乖违，往往是聚散无常。因此苏轼在《水调歌头》这首词中发出了“人有悲欢离合，月有阴晴圆缺，此事古难全”的感慨。而且古代的交通非常不方便，一朝分离，不知何日才能再相见，就连通信也不是一件容易的事情。汉代的五言诗（旧题《苏子卿诗》四首）中的第四首中说：“良友远离别，各在天一方。山海隔中州，相去悠且长。嘉会难再遇，欢乐殊未央。”相见欢聚难以如愿，悲离之情也就油然而生，别离也就成为人生不得圆满的一大遗憾。江淹的《别赋》中提道：“黯然销魂者，唯别而已矣。”对于天性敏感的诗人来说，别离则更易伤情。他们触之于怀，发而为诗，以其空灵澄澈的诗意和独特的人生体验，加以艺术的表现，总能道出常人所不能言的种种离情别绪，所以也就更加能够达到撼人心魄的效果。因此，送别也就自然而然地成为中国古代诗词中最常见的一种主题。

这一类诗歌可以追溯至《诗经》和楚辞。如《诗经》中的《燕燕》一文。诗中所描绘的君王送妹远嫁的情景令人伤怀。诗人将至亲之人的离别之情表现得淋漓尽致。诗歌的前三章是作者述说自己不辞辛劳，送妹于郊野，并且伫立遥望，久久不肯离去，望之不及，悲情伤怀，以致涕泪满襟，表达出兄妹之间难舍难分之情，以及对妹妹远嫁他乡的无限牵挂。诗的最后一部分则是称赞妹妹的美德，从中表现出万分留恋的意味。整部作品层层铺叙，情真意切，感人肺腑，具有很强的艺术表现力和感染力，为后世所赞颂。在汉魏晋南北朝时期，送别主题在文人诗和乐府诗中都有所表现。

如何逊的《临行与故游夜别》:“历稔共追随，一旦辞群匹。复如东注水，未有西归日。夜雨滴空阶，晓灯暗离室。相悲各罢酒，何时同促膝？”在艺术表现上，诗人更加注重情景地渲染和细节地表现，从而体现出文人细腻的艺术表现力。送别这一主题在诗人手中，其艺术化的表现得到了进一步地强化。到了唐代，送别诗出现空前繁荣的景象，而在宋代，词对情的表现力则比诗歌更胜一筹，因此送别诗也就更加蔚为大观了。在艺术表现和艺术手法上也日臻成熟，更为丰富。

从送别时诗人所处的角度来说，送别诗可以分为送别和留别两大类。送别诗占大多数，留别诗的数量则相对较少，但是这其中也不乏有一些佳作。何逊的《相送》中有这样的诗句："客心已百念，孤游重千里。江暗雨欲来，浪白风初起。"就是留赠送行者的诗，表现了诗人的惆怅情绪和江上风雨欲来的景色。李白的《赠汪伦》中："李白乘舟将欲行，忽闻岸上踏歌声，桃花潭水深千尺，不及汪伦送我情。"诗人即将远行，友人踏歌相送，诗人运用夸张的比喻手法形象地表现出两人之间的情真意挚。虽然没有感激之辞，但是深情却蕴涵其中。送别诗词大多充满了哀伤和愁怨，情意缠绵悱恻，表现出的是惜别和恨别之意。白居易《赋得古原草送别》中的"萋萋满别情"，所表达的惜别之意，溢于言表。刘长卿的《送李穆归淮南》："淮水问君来早晚，无人偏畏过芳菲。"诗人问友人何时从淮南归来，因为虽有大好春光，却无人共赏，反怕过芳菲时节。离别之情极为缠绵。唐代徐月英的《送人》："惆怅人间万事违。"唐代郑谷的《淮上与友人别》："扬花愁杀渡江人。"宋代张炎的《八声甘州》："一字无题处，落叶都愁。"唐代沈彬的《都门送别》："一条灞水清如剑，难为离人割断愁。"李煜的《清平乐》："离恨恰如春草，更行更远还生。"欧阳修的《踏莎行》："离愁渐远渐无穷，迢迢不断如春水。"宋代毛滂的《惜分飞》："愁到眉峰碧聚，此恨平分取，更无言语空相觑。"柳永的《采莲令》："岂知离绪，万般方寸，但饮恨，脉脉同谁语？"李清照的《凤凰台上忆吹箫》："生怕离怀别苦，多少事，欲说还休……休休！这回去也，千万遍阳关，也则难留。念武陵人远，烟锁秦楼。惟有楼前流水，应念我，终日凝眸。凝眸处，从今又添一段新愁。"这些诗句可谓是表现别愁的极致之作，读来痛断肝肠，幽怨悱恻，让人不忍卒读！

当然，离别之时也并非都是伤心和愁怨，因此在离别诗词中也会有明朗和乐观。诗人常常会以豪言壮语慰别即将远行的人，这样的诗表现出了诗人开阔的胸襟，并且饱含人生的哲理和启示。王勃《送杜少府之任蜀州》的最后四句："海内存知己，天涯若比邻。无为在歧路，儿女共沾巾。"诗人化用了曹植《赠白马王彪》中的诗句："丈夫志四海，万里犹比邻。""忧思成疾疢，无乃儿女仁。"曹植诗中语言虽然豪迈，却难以掩饰内心的悲愤和沉痛。而王勃的诗句虽然是为了宽慰友人，但是也表现出了诗人积极乐观的人生态度，能够豁达且坦然地面对离别，正是由于两情相通，即使远隔天涯，也犹如比邻而居，真挚的友情自然能够经历时间和空间的考验，正反映出了唐朝前期，社会不断上升发展的时代精神。而盛唐诗人高适的《别董大》："莫愁前路无知己，天下谁人不识君。"诗里没有惜别时的缠绵之辞，反而是以"谁人不识君"的壮语相赠，比王勃的诗显得还要从容和大度，表现出一种达到极致的豪迈。李白《渡荆门送别》："仍怜故乡水，万里送行舟。"水在诗人的笔下被人格化了，写出了无限的爱意，自然也就有了一种畅游于山水之间的飘逸和潇洒。陈子昂《送魏大将军》："勿使燕然上，惟留汉将功。"唐代魏叔伦的《送上饶严明府摄玉山》："更将旧政化邻邑，遥见逋人相逐还。"俨然已经没有了儿女之情，有的只是对友人建功立业的殷切期望。

还有的作品是诗人借离别抒怀。辛弃疾的《贺新郎·别茂嘉十二弟》就是很好的例证：

绿树听鹈鴂，更那堪、鹧鸪声住，杜鹃声切。啼到春归无寻处，苦恨芳菲都歇。算未抵、人间离别。马上琵琶关塞黑，更长门翠辇辞金阙。看燕燕，送归妾。

将军百战身名裂，向河梁、回头万里，故人长绝。易水潇潇西风冷，满座衣冠似雪。正壮士、悲歌未彻。啼鸟还知如许恨，料不啼清泪长啼血。谁共我，醉明月？

在这首词中，词人引用了大量古人离别的故事。词的上片就列举了三悲鸟：鹈鴂、鹧鸪、杜鹃；三离妇：王昭君、陈皇后和庄姜的故事，这些故事的内容都是极其凄惨的。词的下片则列举了李陵、荆轲的英雄故事，这些故事都是非常慷慨、悲壮的。英雄美人辞家去国，铸成千古莫赎的恨事，词人以送别为引子，从而抒发自己失意的苦闷。全词读来沉郁苍凉，虽然从表面上看是一首送别词，词中却寄寓了词人异常强烈的悲愤之情。唐代王昌龄的《芙蓉楼送辛渐》："洛阳亲友如相问，一片冰心在玉壶。"诗里化用鲍照的《白头吟》："清如玉壶冰"的诗句，托朋友告慰家人，用比喻的手法来表明自己虽然被贬，但是心地却是非常光明，如同玉壶的冰一样纯洁无瑕。诗人正是借送别来表明自己的心迹，貌似洒脱，其实却难以掩饰对于宦海沉浮的感喟。唐代陆畅的《送李山人归山》："来从千山万山里，归向千山万山去。山中白云千万重，却望人间不知处。"整首诗呈现出一种空灵的禅境，诗人以冷眼看待世间的一切，好似不食人间烟火一般，表现出一种空明澄澈的人生态度。

【注释】

[1] 燕燕：燕子。

[2] 差池：参差，长短不齐的样子。

[3] 颉（xié）：鸟飞向上。颃（háng）：鸟飞向下。

[4] 仲：排行第二。氏：姓氏。任：信任。只：语气助词，没有实义。

[5] 塞：秉性诚实。渊：用心深长。

[6] 终：究竟，毕竟。

[7] 勖（xù）：勉励。

【译文】

燕子燕子飞啊飞，上下翻飞树林中。
姑娘即将出嫁了，远送姑娘到郊外。
远望不见姑娘影，泪如雨下流满面！

燕子燕子飞啊飞，上下翻飞来回转。
姑娘就要出嫁了，望着姑娘道别离。
遥望不见姑娘影，久久站立泪涟涟！

燕子燕子飞呀飞，上上下下呢喃声。
姑娘就要出嫁了，姑娘就要到南边。
遥望不见姑娘影，心中伤悲肝肠断！

仲氏诚实重情义，敦厚深情懂人心。
性情温柔又和善，知理谨慎重修身。
不忘先君常思念，勉励寡人心忠诚！

汝坟

——希望是生命的支点

【原文】

遵彼汝坟[1]，伐其条枚[2]。
未见君子，惄如调饥[3]。

遵彼汝坟，伐其条肄[4]。
既见君子，不我遐弃[5]。

鲂鱼赪尾[6]，王室如毁。
虽然如毁，父母孔迩。

【赏析】

《毛诗序》以为，《汝坟》意在赞美“文王之化行乎汝坟之国，妇人能闵其君子犹勉之以正也”；汉代刘向的《列女传》也附和着声称此乃“周南大夫”之妻所作，因担忧其丈夫“懈于王事”，所以“言国家多难，惟勉强之，无有谴怒遗父母忧”也。而《韩诗章句》则认为，是妇人“以父母迫近饥寒之忧”，而劝夫“为此禄仕”之作，并没有赞颂“文王之化”的“匡夫”之义。近代学者认为二者都有所牵强，而将诗意解读为妻子挽留久役归来的丈夫。

独守空房的妻子，膝下有儿女，上有年迈父母，不仅要承担许多琐碎劳苦的家事，而且要有巨大的心理承受能力，既要有女人特有的细致周到、温柔体贴，又要有男人所有的刚毅坚强、不屈不挠。个中滋味，又怎一个“苦”字了得！

其实在诗的首章，就已经点明了诗旨。“遵彼汝坟，伐其条枚”——在高大的汝河岸堤边，一位悲凄的女子手中执斧，正在砍伐山楸的枝杈。像伐木作薪这种重体力劳动，本该是男人们做的事情，而现在却由操持家务的妻子承担了。观者不禁发问：此女子的丈夫究竟去了哪里？竟这般狠心让妻子执斧劳顿！接下来的“未见君子，惄如调饥”，即隐约道出了其中的原因：原来，丈夫久役未归，维持生活的重担，自然要落到妻子柔弱的肩头。“惄”即忧愁之意；“调饥”作未进朝食解。满腹的忧愁用“朝饥”作比，而此中滋味也只有饱受饥馑之苦的人们，才深有体会。此时，这蹒跚于“汝坟”的妻子，又在忍受着饥饿来此间砍柴了。这是诗文表面的意思，实际上“朝饥”还有另一层意思，在先秦时代，“朝饥”往往是男欢女爱的隐喻。由于未见久役未归的丈夫，这柔弱的妻子，有多久未曾感受到点滴的眷顾和关爱？这便是第一章中所呈现的女主人公的境况：孤苦无依，生活窘困，清晨不得不硬撑着柔弱的身躯来到堤边采伐。秋风阵阵，堤岸上传来一声声“未见君子，惄如调饥”的怆然叹息时，怎能不令人感到一阵酸楚？对于丈夫在外远役的妻子来说，精神上最强大的支柱，莫过于盼望着丈夫早日平安归来。“未见君子，惄如调饥”。如煎如熬、如饥似渴、如在深渊。

到了第二章，诗意发生了转折。“遵彼汝坟，伐其条肄”，并不是简单地重复上一章：“肄”指树木砍伐后新生的枝条，同时也喻示着孤苦的女子的劳顿和期待。秋去春来，愁苦悲凉的岁月在无尽地延续，当守望终化为绝望时，却意外地发现“君子”归来的身影，怎能不令人惊喜？“既见君子，不我遐弃”，希望如星火闪现，如镜中影像，想拼命抓住，绝不放手。这两句便表达了妻子悲喜交加的复杂心境：“被远征他方的夫君终于归来了，他终是思我、念我，未曾舍下我啊！”妻子从悲郁中醒转，沉浸于欣慰与喜悦当中；然而这来之不易的相聚是否只是一次短暂的厮守：“久役才归的丈夫会不会又将远行，而将我孤独一人抛在家中？”这顾虑与担忧，不免为相聚的喜悦罩上一层淡淡的阴影：“无论如何，这回是绝不能让你离去了，你如何忍心再次离开我呢？”这又是一次在喜悦与犹疑的交叠中所发出的深情挽留。凡此种种，实则意犹未尽，但又被“不我遐弃”四字所涵盖。

妻子的疑虑终成现实。到了第三章，开头两句便以踌躇难决的丈夫的口吻，迫不得已向妻子说出了再次弃家远征他方的事实：“犹如还未恢复精力的鳊鱼又将曳着赤尾远游，在国家危急的时刻，大丈夫又怎能袖手旁观、顾妻恋家？”如此生动的比喻，将丈夫远役的现实衬托得极为紧迫，这一切将那还沉浸于欣喜之中的妻子，重又推回到绝望的边缘。无奈之下，在绝望边缘苦苦挣扎的妻子仍不放弃最后一丝希望：“虽则如毁，父母孔迩！”

这便是她万般无奈中向丈夫发出的凄凄质问："夫妻的团聚，终将被残酷的徭役再次打破；然而，深陷饥饿之中的年迈老人们，难道你也忍心不管他们的死活吗？"

全诗在这句悲凄的质问中结束，丈夫将如何回答妻子的质问，我们已无从知晓。当苛刻的政令和繁重的徭役危及每一个穷苦人家的生存，将支撑"天下"的平民逼迫到"如毁""如汤"的绝境之时，社会便会发出这样的质问声。《汝坟》中可怜的妻子在几经悲喜和绝望后发出的质问，得不到回答，换来的只是丈夫无尽的沉默。

《诗经》中的建筑

路　桥

1. 行，道路。

《国风·周南·卷耳》

《国风·豳风·七月》

《小雅·鹿鸣之什·鹿鸣》

《小雅·小旻之什·大东》

《小雅·北山之什·北山》

《小雅·桑扈之什·车舝》

《小雅·都人士之什·都人士》

《小雅·都人士之什·黍苗》

《大雅·文王之什·绵》

2．道

《国风・邶风・雄雉》

《国风・齐风・还》

《国风・邶风・谷风》

《国风・齐风・南山》

《国风・唐风・有杕之杜》

《国风・秦风・蒹葭》

《国风・陈风・宛丘》

《国风・桧风・匪风》

《小雅・鹿鸣之什・四牡》

《小雅・鹿鸣之什・采薇》

《小雅・小旻之什・小弁》

《小雅・小旻之什・巷伯》

《小雅・小旻之什・大东》

《小雅・都人士之什・何草不黄》

《大雅・文王之什・绵》

3．路

《国风・郑风・遵大路》

《大雅・文王之什・皇矣》

4．逵，四通八达的大道。

《国风・周南・兔罝》

5．梁，桥梁，浮桥。

《大雅·文王之什·大明》

堤 坝

6. 墳，河堤。

《国风·周南·汝墳》

7. 漘，河坝。

《国风·魏风·伐檀》

8. 防，堤防。

《国风·陈风·防有鹊巢》

9. 梁，捕鱼水坝。

《国风·邶风·谷风》

《国风·齐风·敝笱》

《国风·曹风·候人》

《小雅·小旻之什·小弁》

《小雅·小旻之什·何人斯》

《小雅·都人士之什·白华》

【注释】

[1] 遵：循，沿着。汝：水名，即汝水，淮河的支流。坟：堤岸。

[2] 条枚：树枝叫条，树叶叫枚，条枚就是枝叶。

[3] 惄（nì）：忧愁。调：輖，通“朝”，就是早晨。

[4] 肄（yì）：树枝砍后再生的小枝。

[5] 遐：远。遐弃：远离。

[6] 鲂（fáng）鱼：鱼名，就是鳊鱼。赪（chēng）尾：红色的尾巴。毁：焚烧。孔：很。迩：近。

【译文】

沿着汝河堤岸走，用刀砍下树枝叶。
久未见到心上人，如饥似渴受煎熬。

沿着汝河堤岸走，用刀砍下细树枝。
已经见到心上人，千万别把我远离。

鲂鱼尾巴红又红，王室差遣如火焚。
虽然差遣如火焚，父母近在需供奉。

绿　衣

——天冷衣单念亡妻

【原文】

绿兮衣兮，绿衣黄里[1]。
心之忧矣，曷维其已[2]！

绿兮衣兮，绿衣黄裳。
心之忧矣，曷维其亡[3]！

绿兮丝兮，女所治兮[4]。
我思古人[5]，俾无訧兮[6]。

絺兮绤兮[7]，凄其以风[8]。
我思古人，实获我心！

【赏析】

这是一首怀念亡故妻子的诗。睹物思人，是悼亡怀旧诗歌中最常见的一种心理现象。一个人刚刚从深深的悲痛中摆脱出来，却看到死者的衣物、用具或者死者所制作的东西，因此就又唤起刚刚处于抑制状态的悲伤，而又重新陷入悲痛之中。自古以来从这个方面来表现的悼亡诗有很多，但是流传下来的《诗经·绿衣》应该算是这类题材的开山之作。这首诗有四章，诗人采用了重章叠句的手法。综观全文，我们才能真正体味到包含在诗中的深厚感情，以及诗人创作此诗时的心情。

第一章说："绿兮衣兮，绿衣黄里。"诗人把亡故的妻子生前所做的衣服拿出来里里外外地看着，诗人的心情变得十分忧伤。第二章"绿衣黄裳"与"绿衣黄里"相互呼应，描写诗人细心地翻看着这些衣服，自己也陷入了深深的思念之中。回想起妻子活着的时候，那情景历历在目，是他永远都无法忘记的，所以他的忧愁也是永远都无法摆脱的。第三章写诗人细心地看着衣服上的一针一线。他感到每一针、每一线都缝进了妻子对他的深深的爱。由此，他想到了妻子平时对他在一些事情上的规劝，从而使他避免了不少过失。在这其中包含着多么深厚的感情啊！第四章说到天气寒冷的时候，诗人还穿着夏天的衣服。因为妻子活着的时候，四季换衣都是由妻子为他操心的，那时的他是衣来伸手，饭来张口。可妻子去世之后，自己还没有学会照顾自己。直到实在无法忍受萧瑟的秋风侵袭，才想起寻找保暖的衣服，由此更加思念自己的贤妻，心中充满了无限的悲恸。"绿衣黄里"说的是夹衣，是在秋天穿的；"絺兮绤兮"则是指夏天穿的衣服。诗人应该是在秋季创作了这首诗。因为诗中所描写的场景是诗人将刚刚取出来的秋天的夹衣捧在手里反反复复地看着。人已经逝去，而为他缝制的衣服尚在。衣服非常合身，针线细密而精巧，使他更加感到妻子做的一切都合于自己的心意，这是其他任何人所无法代替的。所以，诗人对妻子的思念，以及失去妻子之后的悲伤，都将是无穷尽的。正可谓是“天长地久有尽时，此恨绵绵无绝期”（白居易《长恨歌》），诗中之情深切而感人。

这首《绿衣》在中国文学史上占有非常重要的地位。晋朝潘岳的《悼亡诗》是非常著名的。在表现手法上，这首《悼亡诗》就是受到了《绿衣》的影响。如其第一首诗中“帏屏无仿佛，翰墨有余迹。流芳未及歇，遗挂犹在壁”“寝息何时忘，沉忧日盈积”等，其实就是《绿衣》第一、二章所表达的意思；第二首“凛凛凉风起，始觉夏衾单。岂曰无重纩？谁与同岁寒”“床空委清尘，室虚来悲风”“寝兴目存形，遗音犹在耳”等，其实就是《绿衣》第三、四章的意蕴。再如元稹的《遣悲怀》，也是悼亡诗的名作，其第三首诗中：“衣裳已施行看尽，针线犹存未忍开。”全部是由《绿衣》化出。由此可见《绿衣》一诗在表现手法上实为后代悼亡诗的开山之作。

悼亡诗在今天看来已经属于历史长河中的古典情怀。斯人已去，此情尤在。睹物思人，黯然神伤。两情依依，永驻心间。时间和空间都是难以永恒的，唯有经过时空打磨而积淀在心灵深处的情思，可以保留岁月的痕迹。

如今时空变换，岁月飞驰，紧张的生活节奏，令人眼花缭乱的花花世界，早已使我们的心灵变得十分粗糙、十分迟钝、十分轻浮、十分疲惫、十分健忘了。太多的诱惑、无边的欲望，连上帝都快要忍耐不住了，更何况是凡胎肉体的俗人！人们裹挟着物欲、情欲、金钱，在强刺激的漩涡中作自由落体式的堕落。

当灵魂在无限膨胀的欲望中失落时，它所剩下的就只是一个轻薄的空壳了，再也没有任何内核，也容不下任何属于人的、属于心灵的内容。

魂兮归来，这是纯真心灵的呼唤。斯人已逝，但天堂之中仍然会有回应，回应这旷古的呼唤。天堂虽然遥不可及，但是心灵却是指向它的。有了这种指向，生命之舟也就有了停泊的港湾，不再随波逐流，四处游荡。

悼亡是思念和眷恋堆积在心灵中筑起的一座圣殿，把生命中最真诚、最可贵、最理想的一切都供奉在圣殿之上，不仅是对亡灵的祭奠，也是为心灵建造一座丰碑、一个路标。

当人变成一个没有生命、没有灵魂、没有自我的冷冰冰的螺丝钉的时候，当人变成金钱和物欲的奴隶时，几乎不可能听到招魂曲，因为耳朵里剩下的只是单调且刺耳的机器刮擦声，以及红男绿女的嘻哈打闹声。

且将悲情寄诗篇

中国古代文学的文体纷繁复杂，按照清代著名文学家姚鼐在《古文辞类纂》里的分类，文体被分为论辨、序跋、奏议、书说、赠序、诏令、传状、碑志、杂记、箴铭、颂赞、辞赋、哀祭十三类。而悼亡诗无疑是属于哀祭一类的。哀祭类还可以分为哀辞和祭文，悼亡诗属于哀辞这一类。

悼亡诗并不是一种诗体，而只是文学作品中的一种泛类。最早以《悼亡》为题的文学作品，是晋朝潘岳的三首追悼亡妻的诗作，而历代的著名诗人如鲍照、韦应物、孟郊、元稹、李商隐、梅尧臣、苏轼、黄庭坚，一直到明代的于谦和清代的吴嘉纪、厉鹗等，都有悼亡诗流传于世。而考其源流，当以《诗经》中的《绿衣》《葛生》《黄鸟》三篇为奠基之作。

《诗经》是我国最早的一部诗歌总集。在历史上的大部分时间里，《诗经》都被作为传播正统思想的儒家经典，人们总是从政治和道德的角度加以解读，而往往忽略了其中大量的爱情、哀祭、送别等抒情的成分。主要原因是封建社会伦理纲常观念所产生的深刻影响。在封建宗法社会里，“男尊女卑”既是人们普遍承认和接受的伦理观念，也是夫妻关系的基本准则。因此，在当时的社会意识中“儿女情”与“英雄气”是完全对立的，“儿女情长”就一定会“英雄气短”。也正因为如此，夫妻之间的爱，这种万物人伦中最淳美的感情在封建社会里才显得弥足珍贵。而悼亡诗的作者们在妻子亡故之后，竟能在诗中毫不掩饰地抒写自己的伤悼之情，则不仅仅是由于勇气过人，如果没有真情实感，也很难成为千古绝唱。诸如“休说生生花里住，惜花人去花无主”“朱户几人同插柳？青山何事尚含烟？江南梦绕断肠天”等，都是明证。

从《诗经》中的《绿衣》《葛生》《黄鸟》三篇，我们可以领略到我国古代悼亡诗的写作手法和抒情特色。尽管“言志抒情”是中国古代诗歌数千年间积淀而成的一种民族特色，并不是悼亡诗所独有的，然而这类诗在抒情方面与其他种类的作品相比却是更为挚厚、强烈。正如前人所说：“古伤逝惜别之词，一披咏之，愀然欲泪者，其情真也。”这一特点的形成，并不是没有缘由的。尽管《诗经》的抒情一般都比较平和，但是诗中所流露出来的感情却依然是真挚动人的。悼亡诗多为自言自语，并且为作者提供了思索和感情宣泄的空间。

《绿衣》诗中所展示的是一位丧失爱妻的丈夫，看到亡妻生前亲手所做的衣服，睹物思人，反复咏唱的情景。睹物思人，这是我国古代悼亡诗常用的方法，所谓“抚存感往”“睹物伤神”都体现其中。物象作为诗人情感的寄托，以物化的形态进入作品，从而产生出一种凄寂而清冷、衰颓而黯淡的美感。潘岳的《悼亡诗》中“望庐思其人，入室想所历。帏屏无仿佛，翰墨有余迹”。沈约的《悼亡诗》“游尘掩虚座，孤帐覆空床”。韦应物在其《伤逝》中的诗句“一旦入闺门，四屋满尘埃。斯人既已矣，触物但伤摧”。陆游的《沈园》“城上斜阳画角哀，沈园非复旧池台”，凡此种种，无不是睹物思人。

人长期居住在某个特定的环境里，必然每时每刻都会受到这个环境的影响，尤其是在这个环境中有自己不可磨灭的生活回忆，如今只能追忆旧日的生活场景，目睹眼前的一景一物，不由得就会生发出物是人非之感，悲从中来，以至于泪中带血，五内俱摧。而此中的深情却并非平空的哀叹感伤所能够相比的。这些诗句中虽然没有华丽的辞藻，却皆是发自诗人内心的真挚感伤。在感情上，作者将妻子作为一个与自己平等的人来看待，回想她的种种好处，将妻子视为生活中不可缺少的一部分，可以为自己烧饭洗衣，也可以指摘自己的过失，这在当时的社会中实在是难能可贵的。这与后代诗人空吟“蛱蝶情多元凤子，鸳鸯恩重是花神”只想到妻子对自己的温存顺从，或要求对方“波澜誓不起，妾心如止水”，对自己无条件地死心塌地相比，不知要深切多少倍！

以往的文人学者多认为《唐风·葛生》是一首妇人想念征役中的丈

夫的思妇诗。但是对此诗的内容也存在两种争议，一种认为是丈夫悼念亡妻；一种认为是少妇悼念亡夫。这首诗在形式上反复咏叹，哀哀哭诉，直接剖白丈夫对亡妻的思念之情，自然流露伤悼之意。写出了丈夫想起亡妻入殓时所用的角枕、锦衾，倍增凄楚之感，于是向亡妻诉说无人做伴，独身自处，光阴难度的哀伤。表达了生不能相见，死后也要共处的决心。在诗中，作者运用了“比”和“兴”的手法，首先咏出的是“葛生蒙楚，蔹漫于野”，借植物各有依托的特点引出自己的所爱已不在的哀伤。在后代悼亡诗中，这种借外物渲染和对比的抒情写法被广泛运用；其次，在悼亡诗中首次出现面对殡葬物和坟墓抒发感情。角枕，是用兽角做装饰的枕头，常与锦衾等用来作为陪葬之物。诗人在面对“其室”“其居”时，想到的是“角枕粲兮，锦衾烂兮”。于是将自己夏夜冬日的孤枕难眠在故人前尽情地抒发了一番。在此之后，潘岳的“驾言陟东阜，望坟思纡轸”，谢灵运的“解剑竟何及，抚坟徒自伤”，苏东坡的“千里孤坟，无处话凄凉”，无不是诗人们在与被悼念者阴阳相隔之时，面对坟墓所抒发的感情，而想到与死者一起深埋地下的陪葬物则更是生发出无限的哀思。在这类诗歌中，还表达了作者想念死者，愿在百年之后与亲人重聚地下的愿望。古人相信灵魂的存在，并不是所有的人都能够像庄子那样认为人的生死只是无尽的生命状态的转化而已，大多数诗人仍然对自己死后会与先于自己逝去的亲人团聚抱有希望，无论这种相聚是灵魂的相聚还是埋在坟墓里的身体的相聚。在这首诗中，作者只希望自己在死后与妻子葬在一处就已经很满足了，这比此后众多诗人希望灵魂的重逢显得更加朴质自然。

与以上两诗相比，《秦风·黄鸟》似乎更可以称得上是哀祭诗。《世本》载，秦公族有子车氏。《史记·秦本纪》中说："穆公卒，葬雍，从死者百七十七人，秦之良臣子舆（即子车）氏三人名曰奄息、仲行、铖虎，亦在从死之中。秦人哀之，为作《黄鸟》之诗。"这是一首悼念受人们爱戴的良臣的诗，诗中抒发了人们对于殉葬者的痛惜之情，同时也暴露出统治者的凶残，而更重大的意义则在于对"人"自身的发现！《黄鸟》为后代悼念忠臣、亲友这一类诗歌开创了一个先例，这一类作品通过热情赞美死者生前的品行、才学而抒发哀悼之情，在这一点上，它影响了从春秋战国之后一直到现当代的悼亡诗。谢灵运的《庐陵王墓下作》、沈约的《伤谢朓》、高适的《哭单父梁九少府》、孟郊的《列女操》，一直到陈三立的《哭次申》、陈去病的《哭钝初》、汪文溥的《大江东去·吊广州死难七十二烈士》，以及以后的许多哀祭悼亡诗都是沿用这种方法。另外，对天命的质疑也在诗中显现了出来，呼天而诉使愤怒表现得更加透彻，而对统治者"歼我良人"的攻击则表现出人们对死者的无限爱戴之情，和对他们死亡的深切悲痛。"谓天不爱人，胡为生其贤。谓天果爱民，胡为夺其年。"这是悼亡诗人们对上天发出的质问。"道消结愤懑，运开申悲凉。"这也是忠臣良将永远的悲剧！至于对"人"自身的发现，最初人们认为"天生烝民，有物有则""天降下民，作之君，作之师"。既然人世万物都是上帝所创造的，那么人也就理应听凭天对人间的刑罚、祭祀、殉葬等制度的左右。直到春秋战国时代才有人从人本主义的角度来解释各种制度，因此天便失去了主宰的地位，人君也不再是至高无上的了。从本诗中我们就可以看出，这种意识的出现所产生的强烈反映，不仅影响后世的诗歌，而且在思想上也有莫大的助益。

人有生死，情有哀乐。死是人与世界的诀别，因此亲属、朋友、同人、同事，以及周围所看到、听到的人都会为人的死而动情。人们所谓的哀悼、思念的感情有很多种方式，而层次较高，能够千古流传的方式则是诉诸文字。《诗经》无疑是我国历代哀挽诗词的开先河者，景与情合，情与事合，写景、抒情融为一体，其中的哀伤与悲痛之情对于后世的悼亡诗都产生了不可磨灭的影响！

【注释】

[1] 里：指在里面的衣服。

[2] 曷：何，怎么。维：语气助词，没有实义。已：止息，停止。

[3] 亡：用作“忘”，忘记。

[4] 女：同“汝”，你。治：纺织。

[5] 古人：故人，这里指亡故的妻子。

[6] 俾（bǐ）：使。訧（yóu）：同“尤”，过错。

[7] 絺（chī）：细葛布。绤（xì）：粗葛布。

[8] 凄：寒意，凉意。

【译文】

绿衣裳啊绿衣裳，绿衣裳里是黄衣。
心忧伤啊心忧伤，忧伤何时才能止？

绿衣裳啊绿衣裳，绿衣下面是黄裳。

心忧伤啊心忧伤，忧伤何时才能忘？

绿丝线啊绿丝线，丝丝缕缕你来织。
心中思念亡去人，使我不要有过失！

细葛布啊粗葛布，寒风吹拂凉凄凄。
我心思念已亡人，你仍记挂我心间！

怨女泪

卷耳

——女人的一半是男人

【原文】

采采卷耳[1]，不盈顷筐[2]。
嗟我怀人[3]，置彼周行[4]。

陟彼崔嵬[5]，我马虺隤[6]。
我姑酌彼金罍[7]，维以不永怀[8]。

陟彼高冈，我马玄黄[9]。
我姑酌彼兕觥[10]，维以不永伤[11]。

陟彼砠[12]矣，我马瘏[13]矣。
我仆痡[14]矣，云何吁[15]矣！

【赏析】

征夫怨妇，是中国古代女性生活世界中常常出现的主题，同时也成为中国古代诗歌的独特景观。和西方文学中崇尚个人奋斗的英雄相比，中国古代诗人对由男女有别、男女分工而造成的两性差异给予了更多的关注。

男子汉，大丈夫！男人总要有所成就，才能与“大丈夫”的名号相称。孔夫子所言“三不朽”（立功、立德、立言），即是专对男子汉的激励之辞。疆场很容易成为立功之地，长期在外征战的汉子，被称为“征夫”。他们既有勇猛豪放、无所畏惧的大丈夫气概，也有儿女情长、英雄气短柔和的一面，这也是人之常情。

按照中国社会传统的观点，女子无才便是德。女人缠绵悱恻的情意令诗人和刚毅的汉子无法不为之动心。在那种“以夫为纲”的年代，一个已经出嫁成为人妻的女子，全部情感与希冀的依托，都系于夫君一人身上。丈夫出征在外，在家中守候的女子不仅要孝敬公婆，养育儿女，操持家务，连本该由丈夫所做的那份也义无反顾地承担。内心的幽怨、苦楚、情思、想象，除了自己之外，更与谁人诉呢？怀人便是描绘“怨妇”情怀的永恒主题，其本身也成为历代诗人吟咏的好题材。《卷耳》就是表现这一主题的佳作。其绝妙之处尤为体现在不同一般诗歌的篇章结构上。

而由于自古以来对这首诗的翻译没有统一的标准，所以，有的版本认为诗中的叙事者，并不是妇人，而是出外远行的男子，所以让诗中写景的部分，更像是由某人亲眼看到、亲口叙述出来般地历历在目。这让我们在欣赏它的同时，有更多可以保留的想象空间。

《卷耳》全篇共四章，第一章是以思念征夫的妇女的口吻来写的；后三章则以思家心切、征途劳顿的男子口吻写成。犹如一场两性互诉心声的独白戏剧，男女主人公在同一场景、同一时段抒发情感。诗人明智地省去“女曰”“士曰”一类的提示词，戏剧效果表现得更为强烈，男女主人公“思怀”的内心感受交融合一。诗文的第一章出现这样一幅图景：妇人采集卷耳，因为满心只想着远行的丈夫，因而心不在焉，劳动了好一阵子都没能装满一筐。诗文以一位极普通的妇人对在外征战的丈夫的单方面的思念，勾勒出一幅男女双方可能互相思念的画面来。我们并不能确定，到底不在场的丈夫，会不会像妇人所想象的那样，正在因为马仆劳病而忧烦不已，但是我们却几乎可以确定，那远行的人，的的确确，也正在思念着家乡。女子的独白呼唤着远行的男子，“不盈顷筐”的卷耳被弃在“周行”——通向遥远征途的大路旁。随着女子的呼唤，备尝征途艰险的男子满怀愁绪，缓缓而现；对应着“周行”，他正行进在崔嵬的山间。前两章的句式结构也因此呈现出明显地对比和反差。第三章是对第二章的复沓，带有变化的复沓是《诗经》中最常见的章法结构特征，这种复沓可视为一种合唱或重唱，强有力地增加了抒情的效果，开拓补充了意境，鲜明地再现了乐曲的主旋律。第四章从内容分析仍是男子口吻，但与二、三章相差很大。人们一般把这类在《诗经》中经常运用的手法称为单行章断，比如《召南·采蘩》《行露》《周南·葛覃》《汉广》《汝坟》等诗中都运用了此手法。

全诗使用直述的写法，是《国风》中惯有的朴实风格。《诗经》中的《国风》，字字句句，质朴纯然，没有那些华丽辞藻的堆积，不必受前代文学家风格的羁绊。情感流露自然专注，完全有别于后世文人的刻意仿古之作，丝毫不做作。虽然诗句古朴，而要表述的内容却丰富多彩：青年男女之间的单纯恋情，恩爱夫妻之间的牵挂与思念；多情男女的打情骂俏，失势王侯的叹息抒怀；弃妇的悲哀；为生计烦恼的劳苦大众，不一而足，但都是出于人们对生活需求的真实感受与渴望，也是人们最直接的情感表露。唐朝号称诗歌的黄金时期。那一时代的作品，字句凝练、言简意赅，不管是从诗的意境上看，还是深入内里研究其内涵，唐诗的外表与内修都相互兼顾，表里如一。比起《国风》的纯朴直露，读起来就别有一番风味。但若论诗句的古朴敦实与情感真挚，唐诗就略逊一筹了。《国风》的纯然，与其产生的特定的时代背景是分不开的。诗句中纯然一派的自然风格，可不是后世刻意为之，就能够抓住的。

妇人的思夫之情、将心比心地想象夫君也会以同样的心思念着自己，单纯真挚的情意流露在字里行间，但是情意的表达却内敛而含蓄。而作者细腻丰富的想象力，在诗中更是表露无遗。描写、感情、想象三者兼备的好作品，除了《卷耳》，大概很难在其他地方找得到了。《卷耳》中妇人对丈夫的思念，虽有别于《关雎》未婚男子对倾心的对象的思慕，但情爱的表达也同样的婉转而真挚。

《诗经》中的植物

《诗经》的创作距今至少已有三千多年。孔夫子有言："不学诗，无以言。"这里的"诗"指的就是《诗经》，可知这中国首部诗歌文学总集对古代读书人的重要意义。那么作为现代人，为什么也要阅读古言的《诗经》呢？人们之所以看重这部历史久远的诗歌总集，除了欣赏古人文学艺术的创作之外，更重要的是想从中获取古人的智慧。何况历代经典很多都是从《诗经》中吸取精华，创造了许多脍炙人口的典故、成语，如“投桃报李”“甘棠遗爱”等。因而要想读懂经典，就一定要了解《诗经》。

《诗经》中收录了135种植物，要读懂诗的含义，必然要多识草木之名。如“蒹葭苍苍，白露为霜，所谓伊人，在水一方”“采采芣苡，薄言采之”等。“蒹葭”实际上就是芦苇，“芣苡”就是车前草，都是现代常见的植物，但因为时代变迁，使用的名称也发生了变化，使得人们无法得知诗句中植物名称所指为何物，这在体会诗的意境时必然会出现一些盲点。

《诗经》中写到的植物种类极其丰富。像《豳风·七月》中就出现了20种植物。“桑”是其中引用最为频繁的植物。在此，我们收录了其中上百种植物，依照该植物在《诗经》中的顺序，将其分为衣用、食用、药用、杂草、花草五大类。列出所有《诗经》中使用到主题植物的篇章名。简单扼要的文字说明主题植物的特性。在了解这些植物不同的意象所指之后，读者就更能实实在在地领悟到古时人民结合了生活、自然与艺术的智慧。

衣 用

1. 葛，多年生草本植物，花紫红色，茎可做绳，纤维可织葛布。

《国风·周南·葛覃》

《国风·周南·樛木》

《国风·邶风·旄丘》

《国风·王风·葛藟》

《国风·王风·采葛》

《国风·齐风·南山》

《国风·魏风·葛屦》

《国风·唐风·葛生》

《小雅·小旻之什·大东》

《大雅·文王之什·旱麓》

2. 藟，葛类。

《国风·周南·樛木》

《国风·王风·葛藟》

《大雅·文王之什·旱麓》

3. 茹藘，茜草，可染红色。

《国风·郑风·东门之墠》

《国风·郑风·出其东门》

4. 绿，又名王刍，可染绿色。

《国风·卫风·淇奥》

《小雅·都人士之什·采绿》

5. 蓝，可染蓝色。

《小雅·都人士之什·采绿》

食 用

6. 卷耳，又名苍耳，菊科一年生草本植物，果实枣核形，上有钩刺，名“苍耳子”，可做药用，嫩苗可食。

《国风·周南·卷耳》

7. 蕨，初生无叶，可食。

《国风・召南・草虫》

《小雅・小旻之什・四月》

8. 薇，巢菜，即野豌豆苗。

《国风・召南・草虫》

《小雅・鹿鸣之什・采薇》

《小雅・小旻之什・四月》

9. 葑，蔓菁菜，芜菁。叶、根可食。

《国风・邶风・谷风》

《国风・鄘风・桑中》

《国风・唐风・采苓》

10. 菲，萝卜之类。

《国风・邶风・谷风》

11. 荼，苦菜，苣荬菜，一年生草本。诗辑云：经有三荼，一曰苦菜；二曰委叶（良耜）；三曰英荼（出其东门）。

《国风・邶风・谷风》

《国风・郑风・出其东门》

《国风・豳风・七月》

《国风・豳风・鸱鸮》

《大雅・文王之什・绵》

《大雅・荡之什・桑柔》

《周颂・闵予小子之什・良耜》

12. 苦，苦菜，苦荬菜，多年生草本。

《国风·唐风·采苓》

13. 芑，一种苦菜，茎青白色，断叶有白汁出。

《小雅·彤弓之什·采芑》

14. 荠，一至二年生草本，开白色小花。

《国风·邶风·谷风》

15. 莫，酸模，又名羊蹄菜。

《国风·魏风·汾沮洳》

16. 蓫，羊蹄菜。

《小雅·祈父之什·我行其野》

17. 葍，一种多年生的蔓草，又名小旋花。地下茎可食。

《小雅·祈父之什·我行其野》

18. 荍，锦葵。草本植物，夏季开紫色或白色花。

《国风·陈风·东门之枌》

19. 堇，堇葵。

《大雅·文王之什·绵》

药　用

20. 堇，一说乌头，附子。

《大雅·文王之什·绵》

21. 芣苡，车前子。

《国风·周南·芣苡》

22. 苓，甘草，一说苍耳，一说黄药，一说地黄。

《国风·邶风·简兮》

《国风·唐风·采苓》

23. 蝱，贝母草。

《国风·鄘风·载驰》

24. 茺蓷，益母草。

《国风·王风·中谷有蓷》

25. 藚泽泻草。

《国风·魏风·汾沮洳》

26. 葽，远志。

《国风·豳风·七月》

27. 谖草，萱草，忘忧草。

《国风·卫风·伯兮》

28. 蔹，白蔹，攀缘性草本植物，根可入药。

《国风·唐风·葛生》

杂　草

29. 艾，多年生草本，被密茸毛。

《国风·王风·采葛》

《鲁颂·闷宫》

30. 蒿，青蒿。

《小雅·鹿鸣之什·鹿鸣》

《小雅·小旻之什·蓼莪》

31. 苹，皤蒿，俗名艾蒿。

《小雅·鹿鸣之什·鹿鸣》

32. 芩，蒿类植物。

《小雅·鹿鸣之什·鹿鸣》

33. 蒌，蒌蒿，嫩时可食，老则为薪。

《国风·周南·汉广》

34. 萧，蒿的一种，即青蒿。有香气，古时用于祭祀。

《国风·王风·采葛》

《国风·曹风·下泉》

《小雅·白华之什·蓼萧》

《小雅·北山之什·小明》

《大雅·生民之什·生民》

35. 莪，莪蒿。

《小雅·彤弓之什·菁菁者莪》

《小雅·小旻之什·蓼莪》

36. 蔚，牡蒿。花如胡麻花，紫赤；实象角，锐而长。

《小雅·小旻之什·蓼莪》

37. 茨，蒺藜。一年生草本植物，果实有刺。

《国风·鄘风·墙有茨》

《小雅·北山之什·楚茨》

《小雅·北山之什·甫田》

《小雅·北山之什·瞻彼洛矣》

38. 台，莎草。

《小雅·白华之什·南山有台》

《小雅·都人士之什·都人士》

39. 莱，藜，亦称灰菜，嫩叶可食。

《小雅·白华之什·南山有台》

《小雅·祈父之什·十月之交》

40. 蓬，蓬草。

《国风·召南·驺虞》

《国风·卫风·伯兮》

41. 唐，菟丝子，寄生蔓草，秋初开小花，子实入药。

《国风·鄘风·桑中》

42. 女萝，寄生植物，一说即菟丝子。

《小雅·桑扈之什·頍弁》

43. 莠，杂草，狗尾草。

《国风·齐风·甫田》

《小雅·北山之什·大田》

44. 稂，童粱，田间害草。

《国风·曹风·下泉》

《小雅·北山之什·大田》

45. 蓍，筮草。

《国风·曹风·下泉》

46. 茅，茅草。

《国风・召南・野有死麇》

《国风・豳风・七月》

《小雅・都人士之什・白华》

47. 荑，白茅，初生之茅。

《国风・邶风・静女》

《国风・卫风・硕人》

48. 菅，菅草，茅属，多年生草本植物，叶子细长，可做索。

《国风・陈风・东门之池》

《小雅・都人士之什・白华》

49. 竹，萹蓄。

《国风・卫风・淇奥》

花　草

50. 芄兰，野生植物，草本，蔓生，实如羊角。

《国风・卫风・芄兰》

51. 蕳，一种兰草，又名大泽兰，与山兰有别。

《国风・郑风・溱洧》

52. 苕，凌霄花，一说翘摇，一说苇花。

《国风・陈风・防有鹊巢》

《小雅・都人士之什・苕之华》

53. 鹝，绶草，十样锦。

《国风·陈风·防有鹊巢》

54. 勺药，一说与今之芍药不同，一种香草。

《国风·郑风·溱洧》

55. 郁金，原文黄流，酿酒时合郁金之香，色黄如金。

《大雅·文王之什·旱麓》

【注释】

[1] 采采：采了又采。卷耳：野菜名，又叫苍耳。

[2] 盈：满。顷筐：浅而容易装满的竹筐。

[3] 嗟：叹息。怀：想，想念。

[4] 置（zhì）：放置。周行（háng）：大道。

[5] 陟（zhì）：登上。崔嵬（wèi）：山势高低不平。

[6] 虺隤（huī tuí）：疲乏而生病。

[7] 姑：姑且。金罍（léi）：青铜酒杯。

[8] 维：语气助词，无实义。永怀：长久思念。

[9] 玄黄：马因病而改变颜色。

[10] 兕觥（sì gōng）：犀牛角做成的酒杯。

[11] 永伤：长久思念。

[12] 砠（jū）：有土的石山。

[13] 瘏（tú）：马疲劳而生病。

[14] 痡（pū）：人生病而不能走路。

[15] 云：语气助词，没有实义。何：多么。吁（xū）：忧愁。

【译文】

采了又采卷耳菜，采来采去筐未满。
叹息牵挂远行人，竹筐放在大路旁。

登上高高石山顶，我的马儿已疲倦。
我且斟满铜酒杯，让我不再长相思。

登上高高山冈间，我的马儿步难行。
我且斟满牛角杯，但愿从此远忧伤。

登上高高山冈呀，我的马儿难行呀。
我的仆人病倒呀，多么令人愁困呀。

雄 雉

——征夫怨妇的恋情

【原文】

雄雉于飞[1]，泄泄其羽[2]。
我之怀矣，自诒伊阻[3]。

雄雉于飞，下上其音。
展矣君子[4]，实劳我心。

瞻彼日月，悠悠我思。
道之云远[5]，曷云能来。

百尔君子[6]，不知德行。
不忮不求[7]，何用不臧[8]？

【赏析】

嫁鸡随鸡，嫁狗随狗，生是夫君的人，死是夫君的鬼。千百年来，我们的祖先一代又一代都恪守着这样一条既定的轨迹前行，时间久了，也就成了传统，成了心理上的习惯，更不会有其他的想法了，然后就是安于现状，习惯成自然。

考虑到人们处在这样的生存状态之中，那么前代所流传下来的征夫怨妇、表达思念的诗词，便是一类非常特殊的情诗。先人们以这样一种特殊的方式，来表达他们那种特殊的依恋之情。

之所以说它特殊就在于它不像纯情的少男少女之间的那种恋情。少年不识愁滋味，天真烂漫确实是可贵可爱的，但是却少了几分厚度和深度，也难以经得起生活中的种种坎坷，甚至是日常的柴米油盐这些琐碎事情的考验。浪漫天真的激情在消退之后，便是直面赤裸的生活现实，反差强烈得让人难以接受。而古代征夫怨妇的恋情，则恰好把这个过程颠倒了过来。经历过坎坷波折、琐碎沉闷、平淡无奇之后，才发现由此产生的依恋竟会以如此强烈的形式爆发出来。朝夕相处的体验，为思念中的想象提供了无数的触媒和内涵，因此也就显得更加坚实和厚重。分别得越久，思念和想象也就越强烈，因此也就越加的确信情感和心灵的皈依。从这样的角度来解读征夫怨妇的诗，才能够真正体悟其中的意蕴。

《毛诗序》中说："《雄雉》，刺卫宣公也。淫乱不恤国事，军旅数起，丈夫久役，男女怨旷，国人患之，而作是诗。"也就是说，这首诗的真实意图是讽刺卫宣公，诗中虽然没有明确提及，但是"丈夫久役、男女怨旷"却点明了全诗的主旨所在，即此诗为妇人思念常年在外征战的丈夫的诗。

诗的前两章都是以雄雉起兴。雄雉就在眼前，看到它舒畅地拍打着翅膀，听到它咯咯的叫声，想到丈夫常年在外服役，既不能见到人，也不能听到他的声音。心中的苦痛难以名状，思妇的感情逐渐累积。诗的第三章以日月的起落更替，来表明丈夫离家已经很久了。同时，也是以日月的长久来述说自己悠长的思绪。而关河阻隔，想问一问丈夫何日归来，由此可见思妇的怀念之情是多么深挚。第四章诗人的语气却突然一转，因为丈夫出门在外，现实的社会又是混乱不堪，真希望他能够平平安安的，从而也表明了妻子对丈夫的爱有多么的深切。

雉是一种充满耿介之气的鸟，它的品性堪与君子相媲美，《兔爰》中的“雉离于罗”，就是以雉来比君子所遭受的苦难。最后一章的“不知德行”是从反面来加深这个意义，用雉鸟的品性来讽劝君子。诗的一、二章只写雄雉，而没有写它们雌雄双飞，从中也道出了离别的意思，并引出了下文“怀”“劳”的情绪。诗中写的是雄雉，又是从“飞”这一动态去描写它的神情（“泄泄其羽”）和声音（“上下其音”），其实是在比喻丈夫在外服役日久，思妇非常想念。

而第三章的“瞻”则是涵盖了思妇的所见。思妇与所看到的日月构成了意象的空间，让人想象出思妇伫立遥望的情景，加上前文对于雄雉的点染，便传递出了强烈的画面感。“道之云远”把思妇的视线指向其久役在外的丈夫，它与第一章的“自诒伊阻”相互呼应，分别从空间的距离（“远”）和空间的间断（“阻”）来加以描写。“曷云能来”，是对思妇“悠悠我思”的现实回答，也是思妇瞻望的必然结果。路途遥远，丈夫无法回来，这也深深地透露出思妇对当时现实状况的无奈。

《诗经》中的动物

水禽

1. 雎鸠，一名王雎，状类凫鹥，生有定偶，常并游。

《国风·周南·关雎》

2. 雁，大雁。

《国风·邶风·匏有苦叶》

《国风·郑风·女曰鸡鸣》

《国风·郑风·大叔于田》

《小雅·彤弓之什·鸿雁》

3. 凫，野鸭。

《国风·郑风·女曰鸡鸣》

《大雅·生民之什·凫鹥》

4. 鹥，鸥。

《大雅·生民之什·凫鹥》

5. 鸨，似雁。

《国风·唐风·鸨羽》

6. 鹭，鹭鸶。

《国风·陈风·宛丘》

《周颂·臣工之什·振鹭》

《鲁颂·有駜》

7. 鹈，鹈鹕。

《国风·曹风·候人》

8. 鹳。

《国风·豳风·东山》

9. 鸿，天鹅。

《国风·豳风·九罭》

《小雅·彤弓之什·鸿雁》

10. 鹤。

《小雅·彤弓之什·鹤鸣》

《小雅·都人士之什·白华》

11. 鸢。

《小雅·小旻之什·四月》

《大雅·文王之什·旱麓》

12. 鸳鸯。

《小雅·桑扈之什·鸳鸯》

《小雅·都人士之什·白华》

13. 鹙，类似鹤，头颈上无毛，青苍色。

《小雅·都人士之什·白华》

陆　禽

14. 黄鸟，黄鹂，黄莺。一说黄雀。

《国风·周南·葛覃》

《国风·邶风·凯风》

《国风·秦风·黄鸟》

《小雅·都人士之什·绵蛮》

《小雅·祈父之什·黄鸟》

15. 鹊，喜鹊。

《国风·召南·鹊巢》

《国风·鄘风·鹑之奔奔》

《国风·陈风·防有鹊巢》

16. 鸠，斑鸠。一说鸤鸠，布谷鸟。

《国风·召南·鹊巢》

《国风·卫风·氓》

《小雅·小旻之什·小宛》

17. 雀，麻雀。

《国风·召南·行露》

18. 燕，燕子。

《国风·邶风·燕燕》

19. 玄鸟，燕子。

《商颂·玄鸟》

20. 雉，山鸡。

《国风·邶风·雄雉》

《国风·邶风·匏有苦叶》

《国风·王风·兔爰》

《小雅·小旻之什·小弁》

21. 乌，乌鸦。

《国风·邶风·北风》

《小雅·祈父之什·正月》

22. 鹑，鹌鹑。

《国风·鄘风·鹑之奔奔》

《国风·魏风·伐檀》

23. 仓庚，黄莺。

《国风·豳风·七月》

《国风·豳风·东山》

《小雅·鹿鸣之什·出车》

24. 鵙，伯劳鸟。体态华丽，嘴大锐利，鸣声洪亮。

《国风·豳风·七月》

25. 鸤鸠，布谷鸟。

《国风·曹风·鸤鸠》

26. 雏，斑鸠，鹁鸠，鹁鸪。

《小雅·鹿鸣之什·四牡》

《小雅·白华之什·南有嘉鱼》

27. 脊令，头黑额白，背黑腹白，尾长，住水边。

《小雅·鹿鸣之什·棠棣》

《小雅·小旻之什·小宛》

28. 翚，野鸡。

《小雅·祈父之什·斯干》

29. 桑扈，又名小腊嘴或小桑鹰，亦称窃脂。

《小雅·小旻之什·小宛》

《小雅·桑扈之什·桑扈》

30. 鸒，亦名雅乌，寒鸦。

《小雅·小旻之什·小弁》

31. �，雉。

《小雅·桑扈之什·车舝》

32. 桃虫，鷦鷯。一种小鸟。

《周颂·闵予小子之什·小毖》

33. 鸡

《国风·王风·君子于役》

《国风·郑风·女曰鸡鸣》

《国风·郑风·风雨》

《国风·齐风·鸡鸣》

猛　禽

34. 晨风，似鹞。

《国风·秦风·晨风》

35. 枭，猫头鹰。

《国风·陈风·墓门》

《大雅·荡之什·瞻卬》

36. 鸱鸮，一说类似猫头鹰。

《国风·豳风·鸱鸮》

37. 流离，枭类。

《国风·邶风·旄丘》

38. 鸱

《大雅·荡之什·瞻卬》

39. 隼

《小雅·彤弓之什·采芑》

《小雅·彤弓之什·沔水》

40. 鹑，雕。

《小雅·小旻之什·四月》

41. 鹰

《大雅·文王之什·大明》

42. 鸠鹘，雕。

《小雅·小旻之什·小宛》

43. 鸮

《鲁颂·泮水》

【注释】

[1] 雉（zhì）：野鸡。

[2] 泄泄：慢慢飞的样子。

[3] 诒：同“贻”，遗留。伊：语气助词，没有实义。阻：隔离。

[4] 展：诚实。

[5] 云：语气助词，没有实义。

[6] 百：全部，所有。

[7] 忮（zhì）：嫉妒。求：贪心。

[8] 臧：善，好。

【译文】

雄野鸡飞向远方，缓缓扇动着翅膀。
我怀念远方的人，独自守着空房子。

雄野鸡飞向远方，四处响起欢唱声。
诚实可爱的人啊，思念折磨我的心。

遥望太阳和月亮，思念悠悠天地长。
路途漫漫多遥远，何时才能回故乡。

君子大人非常多，不知什么是德行。
没有害人不贪婪，为何没有好结果？

氓

——多情自古空遗恨

【原文】

氓之蚩蚩[1]，抱布贸丝[2]。
匪来贸丝，来即我谋[3]。
送子涉淇[4]，至于顿丘。
匪我愆期[5]，子无良媒。
将子无怒[6]，秋以为期。

乘彼垝垣[7]，以望复关[8]。
不见复关，泣涕涟涟[9]。
既见复关，载笑载言。
尔卜尔筮[10]，体无咎言[11]。
以尔车来，以我贿迁[12]。

桑之未落，其叶沃若[13]。

于嗟鸠兮，无食桑葚；
于嗟女兮，无与士耽[14]。
士之耽兮，犹可说也；
女之耽兮，不可说也[15]。

桑之落矣，其黄而陨[16]。
自我徂尔[17]，三岁食贫[18]。
淇水汤汤[19]，渐车帷裳[20]。
女也不爽[21]，士贰其行[22]。
士也罔极[23]，二三其德[24]。

三岁为妇，靡室劳矣[25]；
夙兴夜寐[26]，靡有朝矣。
言既遂矣[27]，至于暴矣。
兄弟不知，咥其笑矣[28]。
静言思之，躬自悼矣。

及尔偕老，老使我怨[29]。
淇则有岸，隰则有泮[30]。
总角之宴[31]，言笑晏晏[32]。
信誓旦旦[33]，不思其反[34]。
反是不思[35]，亦已焉哉[36]！

【赏析】

《卫风·氓》是我国文学史上最早的也是最好的一首弃妇诗。它可能是春秋初期卫国的一首民歌。诗歌是通过一个妇女的哭诉，生动地描述了这个妇女从恋爱、结婚直到被遗弃的完整过程，抒发了她对丈夫感情蜕变的悲愤与怨恨，客观上也揭露了当时的阶级压迫。

《氓》全诗共分为六章。第一章写的是女主人公答应了氓的求婚。诗歌在一开头就说明了氓是一个“抱布贸丝”的小商人，来到女主人公这里进行蚕丝交易，其实这只是一个由头，真正目的是商量结婚的事情。为了达到目的，他装出了一副“蚩蚩”的忠厚面孔，来向少女求婚。由于这位女主人公没有能够看破氓的虚情假意，因此一口就答应了氓的要求。于是，她不顾父母之命、媒妁之言，明媒正娶的礼数也不管了，勇敢地许下了“秋以为期”的诺言，错误地把自己的爱情投在了一个骗子的身上。从这里不难看出，诗中的女主人公是一位淳朴、热情而又很幼稚的少女，氓呢？则是一个非常狡猾虚伪的家伙。

“乘彼垝垣，以望复关”，这位少女自从订婚以后，就投入感情，热恋着她的氓，对氓一片痴情：“不见复关，泣涕涟涟；既见复关，载笑载言。”她对于占卜的结果丝毫都不怀疑，希望氓赶快来将她娶回家完婚。在诗的第二章，描写的是女主人公热切地盼望婚嫁的情形，进一步刻画了她淳朴热情的性格；另外一方面也为以后的婚姻悲剧和女主人公性格的发展变化埋下了伏笔。

第三章是全诗感情上的一个转折，由对爱情的憧憬转为对自陷情网的追悔莫及。“桑之未落，其叶沃若”，诗人用桑叶的鲜嫩来比喻女子的年轻美丽，“于嗟鸠兮，无食桑葚”，既“比”又“兴”，“先言它物以引起所咏之词”，假如一个女子贪恋情爱，那么也就会像斑鸠那样遭遇到不幸。结尾的三句：“于嗟女兮，无与士耽。士之耽兮，犹可说也；女之耽兮，不可说也。”这是女主人公从自己被遗弃的遭遇中所总结出来的满含血泪的教训，她下定决心对过去不再留恋，并且告诫姐妹们，以免她们再重蹈自己的覆辙。这里，诗人为我们所展现的正是这位女子深深的后悔之情，同时也写出了这位女子性格中极为高尚和坚强的一面。

诗歌的第四章抒发了女主人公对负心男子的怨恨。诗人以同样的手法，用“桑之落矣，其黄而陨”来说明女子的容貌已经衰减了，揭示出她被氓所抛弃的直接原因。“自我徂尔，三岁食贫”，道出了这位女子从结婚之后一直是过着贫苦的生活，正是这样的生活使她美丽的容貌很快就变得憔悴了。而这位氓在骗得了她的爱情和嫁妆之后，也逐渐暴露出了他那冷酷的“二三其德”的本性，女子被无情地抛弃了，女主人公的梦想也就像肥皂泡一样地破灭了。这里，诗歌通过这位女子的控诉有力地揭露了氓负心背德的卑劣嘴脸。

这位可怜的女子为了获得真正的爱情和幸福，“靡室劳矣”“靡有朝矣”，无论什么样的艰难困苦她都心甘情愿地忍受着，无论多么重的担子她都承担了下来，甚至是面对丈夫的暴怒虐待也毫无怨言，但是，尽管她如此忍辱负重，却依然没有能够摆脱被休弃的不幸遭遇，残酷的现实留给她的只是一掬辛酸的泪水，是一幕凄惨的人生悲剧。而氓呢？原来那一片“信誓旦旦”的虚假忠诚，那一脸“蚩蚩”的假厚道，在他“言既遂矣”、目的达到之后，就慢慢地变得暴虐起来，最后却被他一脚踢开。

从此处也不难看出，氓是一个满腹欺世盗名、极端自私自利的小商人。而更加可怜的则是，这位女子最终还是被迫回到娘家，但等待她的却并不是亲人的抚慰，而是兄弟间的拍掌欢笑，即使是在自己亲人的面前也找不到一丝同情。这样沉重的生活打击，如此的世态炎凉，使她在痛苦不堪的情况下，只好形影相吊，“躬自悼矣”。抚今追昔，历数往事，悲愤的情怀、悔恨的心情以及孤独无依的感叹都复杂地交织在了一起，就像一团埋藏已久的地火一下子迸发了出来，有力地表达了她对负心男子的谴责。

第六章抒写了女主人公被抛弃后愤恨决绝的心情，感情慢慢转为平静。“及尔偕老，老使我怨”，怨恨交集的激愤之感油然而生。回忆往事，再看看今天，自己的命运和前途都那样暗淡渺茫，当初的“旦旦”“信誓”全被氓一手推翻了。而这位女主人公也透过氓背叛誓言的面目，看清了他那卑鄙恶劣的灵魂，于是她变得异常决绝了。“反是不思，亦已焉哉。”悔恨多于哀伤，决绝而没有任何留恋，她对于氓已经没有了任何企求，也没有了半句哀告，更不存一丝的幻想，有的只是对氓的愤恨和谴责。至此，诗人已经为我们成功地塑造了一个由纯朴热情的少女，到忍辱负重的妻子，再到坚决决绝的弃妇的艺术形象。

历史进入父系氏族社会以后，妇女就成了家庭的附庸，受到男性的支配和压迫。到了奴隶社会，妇女的社会地位也变得更为下贱，尤其是劳动妇女，她们沦为了家庭的奴隶，成了可以随便买卖的商品。《氓》中的女主人公就是生活在这样一种社会环境中。她受到氓的遗弃绝不是偶然的事情，也不是个别的现象，它是一种社会制度的产物。《氓》之所以成为文学史上最有名的一首弃妇诗，其关键就在于通过两个鲜明的形象的刻画，通过一个女子的婚姻悲剧，深刻地批判了当时不合理的婚姻制度和社会现实。

古代桑蚕文化与丝绸之路

丝绸的起源可以一直追溯到5000年前的新石器时代。传说西陵氏的女儿，黄帝的元妃嫘祖是中国第一个种桑养蚕的人。据《通鉴纲目外记》的记载，嫘祖“始教民育蚕，治丝茧以供衣服，而天下无皴瘃之患，后世祀为先蚕”。商周时期，就已经出现了罗、绮、锦、绣等丝织产品。秦汉以后，丝绸的生产已经形成了一套非常完备的技术体系。唐宋之际，随着中外文化交流的日益深入和经济重心的南移，丝绸的工艺技术和生产区域都发生了重大的变化。明清两代，丝绸生产趋于专业化，丝织物的品种也更为丰富，图案也更加绚丽多姿。

在我国，商代的甲骨文中就已经出现了与蚕桑丝帛相关的文字。春秋至中唐的两千多年时间是我国丝绸生产古典体系的成熟时期。这段时间里，生产的重心位于黄河中下游，绢帛成为政府赋税的重要内容。中国丝绸及其生产技术主要通过陆上丝绸之路向西方输出。到了西汉时期，张骞出使西域，打通了著名的丝绸之路，建立了通往中东和欧洲的通道。中国的丝绸和蚕桑养殖技术也随着丝绸之路逐渐传到了其他国家。中国的丝绸在古罗马时期就受到了欧洲人的追捧和高度评价。

从汉代就打通的丝绸之路，犹如一条彩带，将古代亚洲、欧洲和非洲的古文明连接在了一起。正是这条丝绸之路，将中国的造纸、印刷、火药、指南针等四大发明，养蚕丝织技术以及绚丽多彩的丝绸产品、茶叶、瓷器等传送到了世界各地。同时，中外商人通过丝绸之路，将中亚的汗血马、葡萄，印度的佛教、音乐，西亚的乐器、天文学，美洲的棉花、烟草等输入中国，东西方文明在交流融合的过程中不断更新、发展。

西方对中国的认识是从丝绸之路上的丝绸开始的。中国的丝绸制造业在唐代达到高峰，织法与纹饰都比以前更加丰富。明朝的丝织品继承了唐朝以来品种繁多、华丽富贵的传统，其精美绝伦的品质对世界各国有着巨大的吸引力。精美的中国丝绸一传到西方便使西方人为之倾倒，罗马诗人威吉尔称赞中国的丝绸比鲜花还美丽，比蛛丝还要细。随着中国丝绸的不断外传，他们了解了中国的丝绸，也认识了中国。中国丝绸逐渐成为古代国际贸易中运销最远、规模最大、价格最高、获利最丰的商品。除了丝绸，中国的瓷器、漆器等，都是西方国家所钟爱的具有东方韵味的工艺品。

今天的中国所常见的一些植物与土产，许多都是从外族引入。中国古代文献中记载的一批带有“胡”字的植物，如胡桃、胡瓜、胡葱、胡椒、胡萝卜，还有西瓜等，十有八九都是来自西域。汉初以来，传入中国的不仅仅有植物，还有罗马的玻璃器、西域的乐舞、杂技。从魏晋到隋唐，随着属于伊朗文化系统的粟特人的大批迁入，西亚、中亚的音乐、舞蹈、饮食、服饰等也大量传入中国。丝绸之路的开通与维持，对中西物质文化和精神文化的交往做出了重要的贡献。

随着东西方商业贸易的频繁交流，东西方文明的相互影响也日益增多。在物质文化交流的同时，丝绸之路带来的文化成果也绚丽多彩。作为世界三大宗教之一的佛教，早在西汉（公元前206—公元8年）末年就传入中国，到了隋唐时期（公元581—907年），佛教已经得到发展，深入民心，并且由中国的高僧创立了中国化的宗派。今天随处可见的佛寺石窟和名刹寺庙等，都是佛教直接或间接留下的影响和延续。特别是沿着丝绸之路留存下来的佛教石窟，著名的如敦煌莫高窟、安西榆林窟、天水麦积山、大同云冈、洛阳龙门等大多融会了东西方的艺术风格和佛教精神，是丝绸之路上中西文化交流的见证。佛教在中国的传播，对中国文化和中国人的精神层面都产生了广泛而深远的影响，也开创了中华文明吸收外来文化的先河。

丝绸之路是横贯亚欧的商业要道，是古代东西方之间的贸易之路，也是一条东西各国政治、经济、文化交流的大路，而以沟通当时国际贸易最为突出。《后汉书·西域传》说“驰命走驿，不绝于时月；商胡贩客，日款于塞下”，反映出了使者往来不断、商贩不绝于旅的情景。丝绸之路也是古代中国文明作用于世界历史的重要杠杆，是古老的中国走向世界、接受世界其他地区文明营养的主要通道。中国文化性格的塑造、中国历史的具体形态，都与丝绸之路息息相关。

【注释】

[1] 氓（méng）：民，男子之代称。蚩蚩（chī）：同“嗤嗤”，戏笑貌。

[2] 贸：交易。抱布贸丝是以物易物。

[3] 即：就。谋：古音mī。匪：读为“非”。“匪来”二句是说那人并非真来买丝，是找我商量事情来了。所商量的事情就是结婚。

[4] 淇：水名。顿丘：地名。丘，古读如“欺”。

[5] 愆（qiān）期：过期。这句是说并非我要拖过约定的婚期而不肯嫁，是因为你没有找好媒人。

[6] 将（qiāng）：愿，请。

[7] 垝（guǐ）：和“垣（yuán）”同义，墙。

[8] 复：返。关：在往来要道所设的关卡。女望男到期来会。他来时一定要经过关门。一说“复”是关名。

[9] 涟涟：涕泪下流貌。她初时不见他回到关门来，以为他负约不来了，因而伤心泪下。

[10] 卜：烧灼龟甲的裂纹以判吉凶，叫作“卜”。筮（shì）：用蓍（shī）草占卦叫作“筮”。

[11] 体：指龟兆和卦兆，即卜筮的结果。无咎言：就是无凶卦。

[12] 贿：财物，指妆奁（lián）。以上四句是说“你从卜筮看一看吉凶吧，只要卜筮的结果好，你就打发车子来迎娶，并将嫁妆搬去”。

[13] 沃若：犹“沃然”，润泽貌。以上二句以桑的茂盛时期比自己恋爱满足，生活美好的时期。

[14] 耽（dān）：沉溺，贪乐太甚。

[15] 说：读为“脱”，解脱。

[16] 陨（yǔn）：黄貌。其黄而陨：犹《裳裳者华》篇的“芸其黄矣”，芸也是黄色。

[17] 徂（cú）尔：嫁给你。徂，往。

[18] 食贫：过贫穷的生活。

[19] 汤汤：水盛貌。

[20] 渐：浸湿。帷裳：车旁的布幔。以上两句是说被弃逐后渡淇水而归。

[21] 爽：差错。

[22] 貳：“貣（tè）”的误字。“貣”就是“忒（tè）”，和“爽”同义。以上两句是说女方没有过失而男方行为不对。

[23] 罔极：没有定准，变化无常。

[24] 二三其德：言行前后不一致。

[25] 靡：无。靡室劳矣：所有的家庭劳作一身担负无余。

[26] 兴：起。这句连下句就是说起早睡迟，朝朝如此，不能计算了。

[27] 言：没有实义。既遂：就是《谷风》篇“既生既育”的意思，指生活既已过得顺心。

[28] 咥（xì）：笑貌。以上两句是说兄弟还不晓得我的遭遇，见面时嬉笑如常。

[29] “及尔”二句言当初曾相约和你一同过到老，现在偕老之说徒然使我怨恨罢了。

[30] 隰（xí）：当作“湿”，水名，就是漯河，黄河的支流，流经卫国境内。泮（pàn）：水边。以上二句承上文，以水流必有畔岸喻凡事都有边际。言外之意，如果和这样的男人偕老，那就苦海无边了。

[31] 总角：男女未成年时结发成两角，称总角。宴：乐。

[32] 宴宴（yàn）：和悦貌。

[33] 旦旦：明。

[34] 反：即“返”字。不思其反：不想那样的生活再回来。

[35] 反是不思：是重复上句的意思，变换句法为的是和下句押韵。

[36] 哉（zī）：末句等于说还是撇开算了罢！

【译文】

那个男子笑嘻嘻的，

怀抱着布匹来换取我的丝。

其实哪里是来换丝，
而是来和我商量结婚的事情。
远远的看着他渡过淇水，
直至他的身影消失在顿丘。
并不是我在故意拖延婚期，
只怪你没有良媒所以好事难成。
落英缤纷的秋季，
就是我们的大期。

登上高高的墙台遥望，
我的爱人在哪个地方？
高台远眺仍然看不到，
禁不住思念泪涟涟。
突然复关就在眼前，
禁不住喜笑开颜。
你用龟卜蓍筮请示上天，
卦示兆象没有不好，
请带着你的车马前来，
把我和嫁妆带到你的身边。
满枝桑叶还未曾飘落，
叶片青翠润泽。
嗟叹无知的雀鸟啊，

怎能被桑椹的香美迷惑。
嗟叹善良的女子啊，
怎能被男子的甜言蜜语迷惑。
男子也会在爱情中迷惑，
可他们仍然可以解脱，
如果女子被爱情困住，
那么怎能再全身而退从中解脱?

当满枝的桑叶片片飘落，
叶片枯黄委顿没入尘土。
自从我嫁入你家做媳妇，
三年来不曾抱怨含辛茹苦。
淇水浩浩荡荡，
浸湿了我车上的幔帷衣裳。
我丝毫没有违背人妇之德，
而你何时尽到了人夫之责。
你言行多变没有定则，
你三心二意负心背德。

来到你家为妇三年，
为家务劳苦何曾有变，
每日晏卧早起不知疲倦，

这样的日子不止一天。
结婚前的好话都变成了废言，
笑颜也渐渐转为怒面。
可叹兄弟不知个中细节，
见我回家还拍掌发笑。
静静想想所有这一切，
哀叹所托非人何其悲戚。

你说过我们要白头偕老，
今天人未老却已使我生怨。
淇水波涛滚滚却也有岸，
隰河壮阔也能看得到边。
当年我们梳着总角相会，
彼此言笑两小无猜，
当时你信誓旦旦多么真诚，
当时我哪里想到你今日会食言。
当时没有料到的今日已经出现，
你我的恩情也就至此了断！

击　鼓

——远征他乡的悲苦

【原文】

击鼓其镗[1]，踊跃用兵[2]。
土国城漕[3]，我独南行。

从孙子仲[4]，平陈与宋[5]。
不我以归，忧心有忡。

爰居爰处[6]？爰丧其马？
于以求之？于林之下。

死生契阔[7]，与子成说[8]。
执子之手，与子偕老。

于嗟阔兮[9]，不我活兮。

于嗟洵兮[10]，不我信兮。

【赏析】

与其说这是一首诗，倒不如说是一位远征异国多年而不得归家的士兵的控诉。诗中反映了统治阶级无休止的战争，给人民所带来的深重灾难。诗的第一章写自己不幸被远征到南方参加战争；第二章则是写有家不能归的痛苦心情；第三章写士兵们思乡心切，军心涣散，没有了斗志；第四章则是追叙自己与妻子离别时的情景；诗的最后，则是描写诗人对统治者强迫自己长期服役的痛恨。

春秋时期，诸侯各国之间的兼并战争非常频繁。根据史书记载，卫国对外发动的战争特别多。这首诗所反映的就是“平陈与宋”的战争。

这首诗无论是描写涣散的军心，还是叙述离别的痛苦，都描摹得非常生动逼真，文笔委婉有致。从他者的角度进行描写，所产生的效果也是非常强烈的。出征士兵的妻子在家伺候公婆、养育子女，心里难免会有怨恨，而在外征战沙场的征夫则同样心怀幽怨。由此可见，无论男女，只要两情相依、两心相许，便人同此心、心同此理。士兵们被强迫从军参加战斗，但是却并不知道为何而战，身上穿着的铠甲、手里的刀枪便成了沉重的枷锁镣铐。一旦身死疆场，就成了游魂野鬼。

对于平民百姓来说，只有国难当头，他们才会以兵刃相见，而那些统治者则并不这么想。他们往往会为了一己之利或者头脑发热，就把受苦受难、卖命送死的“恩惠”赐给小民百姓，百姓们能没有怨恨吗？战争的策划者和发动者往往都有他们自己的逻辑，而在战场上卖命送死的士兵也有自己的追求和怨恨。道不同不相与谋，平民百姓也有儿女情长，因此，征夫的一首怨曲也是他们爱情的赞歌。

《击鼓》一诗，开头第一章先介绍了卫人救陈的历史背景，诗中先交代了平陈宋之难，进而描写了卫人的怨愤。以“我独南行”作结，这首诗本来是以抒写个人愤懑为主的，这是贯穿全诗的线索。诗的第三句“土国城漕”，在《毛诗序》对《鄘风·定之方中》的叙述中说：“卫为狄所灭，东徙渡河，野居漕邑，齐桓公攘夷狄而封之。文公徙居楚丘，始建城市而营宫室。”文公营建楚丘，这就是诗中提到的“土国”。到了穆公时期，又在漕邑修筑城池，因此诗中又说“城漕”。“土国城漕”虽然也是劳役，但还是在国境以内，现在到南边去救陈国，其环境就更加艰苦了。

第二章“从孙子仲，平陈与宋”，承接上面的“我独南行”。如果南行不久就返回家乡，那么也没有什么。但是诗的末尾两句说“不我以归，忧心有忡”，叙事继续向前推进，层层递进，让人心酸不已。

第三章写骏马丢失了。这似乎是题外的小插曲，其实这正是全诗的中心所在。骏马是不会受到羁绊的，它们喜欢自由地驰骋；而远征的士兵也不愿意长久地在外征战，他们也思念家乡。正是这个看似旁出一笔的细节，其实是对人情最传神的刻画。

第四章“死生契阔”，“死生契阔，与子成说”，是古时候人们分别时的誓言。与后面的文字形成鲜明对比，生活在那样的时代，什么样的誓言面对现实都成了无用的空谈。两章丝丝相扣，滴水不漏。

全诗的前三章是远征的士兵自己叙述的出征时的情景，字字写来如怨如慕、如诉如泣。后面一章转到夫妻离别时的誓言，谁知道何时是归期，誓言已经成为无用的空谈，上下紧扣，言辞激烈，可谓是悲愤满乾坤。对士卒长期征战的悲愤和思念家乡亲人的痛苦表现得淋漓尽致，无以复加。

鼓的历史

乐器的前身，是一些能够发出声音的器物，早在旧石器时代，就已经存在一些能发出噪音的响器，这些响器有一部分是为了运动或者劳动时的节奏需要而被运用；另外一部分则是以声音的手段来影响自然或神灵，因此它们所产生的并不是优美动听的乐音，而是令人感到不安、恐怖的声音。在这一时期，人们往往使用跺脚、拍手、捶胸、捶腿及捶臀等击打身体各个部位的方式来发出声音；后来则变为使用简单的敲击物、挂在身上的响器、刮器和干葫芦等，发出强烈的噪音来使别人产生惊悚和畏惧感，以及用它来驱赶恶魔；随后到了父系氏族社会时期，随着图腾文化的发展，出现了不是为了产生节奏性噪音的新乐器，例如挥旋镖、笛、螺号等，但是这些乐器也并不能发出让人产生快感的乐音，它们只是发出吼叫、咆哮、呼啸以及嗖嗖的噪音。到了新石器时期，乐器的创造进入了非常丰富的时期，人类将倒下来的树干挖空，制成了开口的鼓，而后也出现了皮膜鼓，鼓的文化由此开始了。

关于鼓的起源历史上有四种不同的说法：圣人制鼓说，例如在《礼记·乐记》中："然后圣人作为鼗、鼓、椌、楬、埙、篪，此六者，德之音也。"伊耆氏之鼓，《礼记·明堂位》中记载："土鼓、蒉桴、苇籥、伊耆氏之乐也。"黄帝制鼓说，《山海经·大荒乐经》："东海中有流波山，其上有兽，状如牛，苍身而无角，一足。其声如雷，其名为夔，黄帝得之，以其皮为鼓，橛以雷兽之骨，声闻五百里，以威天下。"《黄帝内经》亦云：

“黄帝伐蚩尤，玄女为帝制夔牛皮鼓八十面，一震五百里，连震三千八百里。”神农制鼓说，明朝罗欣《物原·乐原》云：“神农作鼓。”

传说伊耆氏所制的土鼓，是以陶土为框以革为两面，用草扎成的鼓槌进行敲击。鼓在商代是流传非常广泛的乐器，商周以来鼓的种类有很多。《礼记·明堂位》中说：“夏后氏之足鼓，殷楹鼓，周悬鼓。”足鼓为鼓下带足，商代晚期的双鸟饕餮纹铜鼓即是足鼓，鼓腔两面饰鼍皮纹，鼓腔的下部有四个兽首为足。当时的手工业已经得到了长远的发展，青铜器的冶炼与铸造也已经达到很高的水平，因此这些铜鼓的造型都非常精美。在这一时期也出现了一种像近代民间流行的“拨浪鼓”似的乐器，鼓是穿在木柄上，在鼓框的两边系着两条绳，绳端是小珠，当手摇木柄时，这两个旁耳就会来回敲击鼓面，发出声音。

到了周代，在《诗经》所记载的二十九种乐器当中，打击乐器就占了二十一种，其中单是鼓类就包括贲鼓、县鼓、鼍鼓等。在大射仪乐队中，还使用了建鼓、羯鼓、应鼓等打击乐器。

春秋时期，铜鼓大为流行，它是由炊具铜釜发展而来的。春秋初期，这些乐器还并不是完全作为发声用的乐器，而是炊具与乐器共存的角色。到了公元前七世纪，才作为专门的乐器使用。这时的形制也较为稳定，鼓上还绘有多姿多彩的图饰。铜鼓在当时是统治者权力的象征，后来则多用于战事，也作为祭祀、赏赐及进贡的重器。

钟鼓之乐，是以编钟和建鼓为主组成的大型管弦乐队，兴起于西周而盛行于春秋战国。湖北随县所发掘的曾侯乙钟鼓乐队是这种音乐形式的实物例证。作为控制节奏，而带有指挥作用的建鼓，鼓体用巨大的木柱贯穿其中。

在以打击乐器和吹奏乐器相结合的汉代鼓吹乐中，鼓占有相当重要的地位。无论是横吹、骑吹，或是箫鼓，都有鼓的出现。例如排箫与鼓所组成的箫鼓乐队，作为仪仗音乐，巨大的建鼓被置放于鼓车之上，由两个乐工站在车上进行敲击。汉代的百戏，其乐队就是盛行于汉代的大型钟鼓乐队，以鼓为主，并配有箫、笙、筑、瑟、编钟以及编磬等乐器，所用的鼓包括建鼓和应鼓。应鼓为应和大鼓的意思，它是一种放置在大鼓旁边的小鼓，另外还有一种鼓，在百戏中起到掌控节奏的作用，被称为鼓。

到了南北朝时期，由于和北方少数民族的战争频繁，使得大量少数民族的打击乐器传入了中原地区，如羯鼓、腰鼓、答腊鼓、都昙鼓、毛员鼓等，这些乐器随后都盛行于唐代，被广泛应用于隋唐的燕乐中。

由于当时的少数民族过着游牧部落的生活，流动性较强，因此鼓的形状也就变得略小，为了便于携带，有的挂在胸前有的横置于马背上，还有的是置于地上，将鼓腔的腰间部位进行内缩，用绳索将鼓皮固定，这种鼓被称作细腰鼓，与中原地区凸腹形的大型鼓有所不同。

隋唐时期的燕乐，则是在吸收了少数民族的音乐与外来的音乐的诸多要素，融汇于汉民族音乐之中，展现出一种全新的风格、形式和面貌。在隋九部乐与唐十部乐中，出现了节鼓、腰鼓、羯鼓、毛员鼓、都昙鼓、答腊鼓、鸡娄鼓、齐鼓、担鼓、连鼓、革鼓、桴鼓、同鼓、王鼓、正鼓、和鼓、檐鼓等近二十种鼓，和汉代以前的鼓已经有所不同。

宋代的教坊大乐，是宫廷燕乐中最盛大的合奏形式，使用了二百面羯鼓、两面大鼓、两座羯鼓，鼓声震天，阵容庞大。而用于祭祀仪式和朝会仪式的雅乐，则多用建鼓、应鼓及鞞鼓。作为军乐或仪仗使用的鼓吹乐，是以鼓和吹管乐器为主，人数达到数千人。

元代承袭宋代遗制，在宫廷雅乐中，使用了建鼓、鞞鼓、应鼓、晋鼓、雷鼓、雅鼓、相鼓、搏拊等十二种打击乐器；在宴乐的部分，则有杖鼓、扎鼓、渔鼓、和鼓、金鞚鼓、金鞚稍子鼓、花腔稍子鼓等。其中的晋鼓，多用于祭天的时候，鼓身高两米多，鼓面直径约四尺，鼓面绘有云龙装饰。

明清以来，鼓的数量与种类不如唐宋时代多，主要是因为当时以战曲说唱、民歌小调为主，乐队则以拉弦乐器为中心，在这一时期出现的鼓大部分以来自西域的腰鼓为主，包括荸荠鼓、板鼓、堂鼓、缸鼓、腰鼓、书鼓、八角鼓等，作为戏曲、民间音鼓、昆曲、江南丝竹等的伴奏。

在中国的远古时代，鼓作为人与神沟通的媒介，也是人与自然界进行交流的象征物，因此而带有神秘的色彩，受到历代的重视。几乎每一个朝代都有专职的司鼓人员，如周代有“鼓人”掌管鼓类，汉代有鼓吏，汉唐有鼓吹署，宋设有鼓院、鼓司，明清则设有钟鼓司等。由于鼓所发出的隆隆声如同天上的电闪雷鸣，而且具有强烈的节奏感，因此鼓也就渗透到了各民族的社会文化生活之中。例如官方的祭祀、宴乐、仪仗、政法与军事中，以及舞蹈、音乐、戏曲、宗教及各种民俗活动与生活行为中，鼓都发挥了诸多的艺术与实用功能。

【注释】

[1] 镗：击鼓的声音。

[2] 兵：刀枪等武器。

[3] 土国：国中挑填混土的工作。

[4] 孙子仲：人名，统兵的主帅。

[5] 平：和好。

[6] 爰：语气助词，没有实义。

[7] 契阔：离散聚合。

[8] 成说：预先约定的话。

[9] 于嗟：感叹词。阔：远离。

[10] 洵：远。

【译文】

战鼓敲得咚咚响，奔跑跳跃练刀枪。
人们挑土修城墙，我独南行上战场。

跟随将军孙子仲，联合陈国与宋国。
我们无法回家乡，忧愁痛苦满心伤。

哪里有我栖身处？哪里丢失我骏马？
我到哪里去寻找？漫山遍野苦苦寻。

生离死别好痛苦，先前与你有誓言。
紧紧拉住你的手，与你偕老到白头。

远隔万里真可叹，若想生还难上难。
生死离别犹可叹，海誓山盟成空谈。

执子归

桃 夭

——简简单单才是真

【原文】

桃之夭夭[1]，灼灼其华[2]。
之子于归[3]，宜其室家[4]。

桃之夭夭，有蕡[5]其实。
之子于归，宜其家室。

桃之夭夭，其叶蓁蓁[6]。
之子于归，宜其家人。

【赏析】

即使是很少读《诗经》的人，只要听到“桃之夭夭，灼灼其华”这一句，都会觉得非常熟悉。

首先，诗中塑造的形象十分生动。用娇娆的桃花，比喻少女的美好，实在是写得妙。读过这样诗句的人，眼前无不浮现出充满青春朝气的少女形象。而“灼灼”二字，更是给人以耳目一新之感，短短四字句，竟能呈现出洋洋的喜气，非常精到。“桃之夭夭，灼灼其华。之子于归，宜其室家”，细细品味，一种内心的喜悦，溢于言表；再次，诗中也反映出这样一种思想：简单就是好。简单是质朴，是真实，是亲切，是萦绕心间不能忘却的情思。

诗中描绘女子出嫁时对婚姻生活的希冀与企盼，用桃树的枝叶茂盛、果实累累来比喻婚姻生活的幸福美满。没有浓艳的色彩，没有夸张铺垫，平平淡淡，一名女子，不仅要有清新可人的容貌，还要有“宜室”“宜家”的内在美。本篇语言极为优美，极为精练，朗朗上口。不仅巧妙地将“室家”变化为各种倒文和同义词，而且反复用一“宜”字。一个“宜”字，揭示了新嫁娘与家人和睦相处的美好品德，也写出了她的美好品德给新建的家庭注入了新鲜的血液，带来了和谐欢乐的气氛。这个“宜”字，掷地有声，简直没有一个字可以代替之。

《周礼》有云：“仲春，令会男女。”朱熹《诗集传》云：“然则桃之有华（花），正婚姻之时也。”《桃夭》是一首祝贺新嫁娘的诗。周代一般是在春光灿烂、桃花盛开的季节嫁女，故作者会以桃花起兴，为新娘唱赞歌。但旧时的说法认为桃花与后妃君王有关，因而并不常用。这首诗不像一般贺新婚的诗句那般“势利”，或夸耀男方家世如何显赫，或称赞女方陪嫁如何丰盛，而是反复强调“宜其家人”，以家庭和睦为美。

《桃夭》一诗共分为三章。第一章以鲜艳的桃花比喻新娘的青春姣颜。常言道：首创用花喻美人的是天才，第二个用花喻美人的是庸才，第三个用花喻美人的是蠢才。作为我国第一部诗歌总集中所收录的诗句，说它开创用花喻美人的先河，并不为过。在它之后用花喻人，特别是用桃花来比美人的诗人层出不穷，如魏阮籍《咏怀诗》之十三："夭夭桃李花，灼灼有辉光。"唐崔护《题都城南庄》："去年今日此门中，人面桃花相映红。"宋陈师道《菩萨蛮》词："玉腕枕香腮，桃花脸上开。"他们诗中的桃花各有其特色，但却不能否定《诗经》中的这首诗对他们的创作所产生的影响。诗人在歌咏桃花之后，更道出贺词："之子于归，宜其室家"。即姑娘要出嫁，和和美美成个家。第二、三章因为押韵关系，改为"家室"和"家人"，词义上并没有太大区别。古礼中男以女为室，女以男为家，男女结合才组成家庭。女子出嫁，即是组成家庭的开始。朱熹《诗集传》释云："宜者，和顺之意。室谓夫妇所居，家谓一门之内。"即是说新婚的小家为室，而与父母等共处为家。

《桃夭》中所写的桃花，鲜艳欲滴，而经过打扮的新嫁娘此刻既兴奋又羞涩，两颊飞红，真有人面桃花、两相辉映的韵味。诗中描景即是喻人，情景交融，烘托出了一派洋洋喜气。第二章则是表示对新人婚后的美好祝愿。桃花过后，硕果累累。诗人说它的果子结得又大又好，正是祝愿新娘能早生贵子，儿孙满堂。第三章则以桃叶的茂盛来祝愿家业的发达，人丁的兴旺。用桃树枝上累累的硕果与繁茂的枝叶来象征新娘婚后生活的美满幸福，真是最美好的比喻，最具想象力的颂辞！朱熹在《诗集传》中认为诗的每一章都用了"兴"，确实有道理，但细细品味，兴中比的成分更过一些，比兴兼用。全诗三章，每章都先以桃起兴，继以花、果、叶作喻，极具层次感：由花开到结果，再由果落到叶盛；所喻诗意也渐次转化，桃树的生长与新嫁娘的婚后生活在本诗的三个层次中相互对应，纯然一体，毫无造作之感。

《诗经》中的成语

1. 窈窕淑女，君子好逑。

《国风·周南·关雎》

2. 求之不得

《国风·周南·关雎》

3. 悠哉悠哉

《国风·周南·关雎》

4. 辗转反侧

《国风·周南·关雎》

5. 逃之夭夭

桃之夭夭《国风·周南·桃夭》

6. 忧心忡忡

《国风·召南·草虫》

《小雅·鹿鸣之什·出车》

7. 日居月诸

《国风·邶风·日月》

8. 谑浪笑敖

《国风·邶风·终风》

9. 新婚宴尔

宴尔新婚《国风·邶风·谷风》

10. 委委佗佗

《国风·鄘风·君子偕老》

11. 如切如磋

《国风·卫风·淇奥》

12. 如琢如磨

《国风·卫风·淇奥》

13. 肤如凝脂

《国风·卫风·硕人》

14. 巧笑倩兮，美目盼兮。

《国风·卫风·硕人》

15. 信誓旦旦

《国风·卫风·氓》

16. 投桃报李

投我以木桃，报之以琼瑶。

投我以木李，报之以琼玖。《国风·卫风·木瓜》

投我以桃，报之以李。《大雅·荡之什·抑》

17. 一日不见如隔三秋

一日不见，如三秋兮！《国风·王风·采葛》

18. 孔武有力

《国风·郑风·羔裘》

19. 舍命不渝

《国风·郑风·羔裘》

20. 风雨凄凄

《国风·郑风·风雨》

21. 风雨潇潇

《国风·郑风·风雨》

22. 邂逅相遇

《国风·郑风·野有蔓草》

23. 婉如清扬

《国风·郑风·野有蔓草》

24. 劳心忉忉

《国风·齐风·甫田》

25. 硕大无朋

《国风·唐风·椒聊》

26. 涕泗滂沱

《国风·陈风·泽陂》

27. 衣冠楚楚

衣裳楚楚《国风·曹风·蜉蝣》

28. 七月流火

《国风·豳风·七月》

29. 万寿无疆

《国风·豳风·七月》

《小雅·鹿鸣之什·天保》

《小雅·白华之什·南山有台》

《小雅·北山之什·楚茨》

《小雅·北山之什·信南山》

《小雅·北山之什·甫田》

30. 风雨飘摇

风雨所飘摇，予维音哓哓！《国风·豳风·鸱鸮》

31. 寿比南山

《小雅·鹿鸣之什·天保》

32. 杨柳依依

《小雅·鹿鸣之什·采薇》

33. 雨雪霏霏

《小雅·鹿鸣之什·采薇》

34. 春日迟迟

《小雅·鹿鸣之什·出车》

35. 它山之石，可以攻玉。

《小雅·彤弓之什·鹤鸣》

36. 只知其一，不知其二，人知其一，莫知其他。

《小雅·小旻之什·小旻》

37. 战战兢兢

《小雅·小旻之什·小旻》

《小雅·小旻之什·小宛》

38. 如临深渊

《小雅·小旻之什·小旻》

39. 如履薄冰

《小雅·小旻之什·小旻》

《小雅·小旻之什·小宛》

40．惴惴小心

《小雅·小旻之什·小宛》

41．巧言如簧

《小雅·小旻之什·巧言》

42．只闻其声，不见其人。

我闻其声，不见其身。《小雅·小旻之什·何人斯》

43．溥天之下，莫非王土。率土之滨，莫非王臣。

《小雅·北山之什·北山》

44．高山仰止

《小雅·桑扈之什·车舝》

45．绰绰有余

绰绰有裕《小雅·桑扈之什·角弓》

46．小心翼翼

《大雅·文王之什·大明》

47．天作之合

《大雅·文王之什·大明》

48．不可救药

《大雅·生民之什·板》

49．进退维谷

《大雅·荡之什·桑柔》

50. 毕恭毕敬

必恭敬止《小雅·小旻之什·小弁》

51. 兢兢业业

《大雅·荡之什·云汉》

《大雅·荡之什·召旻》

52. 爱莫能助

爱莫助之《大雅·荡之什·烝民》

53. 明哲保身

既明且哲，以保其身。《大雅·荡之什·烝民》

54. 穆如清风

《大雅·荡之什·烝民》

55. 於乎哀哉

《大雅·荡之什·召旻》

56. 高高在上

《周颂·闵予小子之什·敬之》

【注释】

[1] 夭夭：桃树含苞欲放的样子。

[2] 灼灼：花开鲜明的样子。华：花。

[3] 之子：指出嫁的姑娘。归：女子出嫁。

[4] 宜：和顺，和善。室家：指夫妇。

[5] 蕡（fén）：果实很多的样子。

[6] 蓁蓁（zhēn）：树叶茂盛的样子。

【译文】

桃树含苞满枝头，花开灿烂如红霞。
姑娘就要出嫁了，夫妻和睦是一家。

桃树含苞满枝头，果实累累坠树丫。
姑娘就要出嫁了，夫妻和睦是一家。

桃树含苞满枝头，桃叶茂密色葱绿。
姑娘就要出嫁了，夫妻和睦是一家。

鹊　巢

——盛大的婚礼

【原文】

维鹊有巢[1]，维鸠居之[2]。
之子于归，百两御之[3]。

维鹊有巢，维鸠方之[4]。
之子于归，百两将之[5]。

维鹊有巢，维鸠盈之[6]。
之子于归，百两成之[7]。

【赏析】

我们可以从诗句的描述中，想象出一场壮观的嫁女场面：载满彩礼的一列列大车，盛大的迎亲队伍前呼后拥，吹吹打打，异常喜庆。过去的礼仪档次，是身份地位的象征。人们以彩礼的多少来判断结亲者身份地位的高低贵贱。从这一意义上来看，财物、规格就变成了一种符号，财物本身的价值如同主人的名片一般。如此大的规模，论身份地位，绝不是寻常人家嫁女儿。《毛诗序》说："《鹊巢》，夫人之德也。国君积行累功以致爵位，夫人起家而居有之，德如鸤鸠乃可以配焉。"认为此诗写的是国君的婚礼。而朱熹《诗集传》中说："南国诸侯被文王之化，其女子亦被后妃之化，故嫁于诸侯，而其家人美之。"认为此诗写的是诸侯的婚礼。从诗中描写的送迎车辆的规模可以看出，应该是贵族的婚礼。

诗歌共分三章，每一章开篇都以鸠占鹊巢起兴。喜鹊造好了巢，布谷住了进去，这是现实中此两种鸟间自然的现象。《齐诗》曰："鹊以夏至之月始作室家，鸤鸠因成事，天性然也。"从中可知，女子出嫁，住进夫家，此种男娶女嫁在当时被认为是人的天性，就如同布谷居鹊巢一般。方玉润说："鹊巢自喻他人成室耳，鸠乃取譬新昏人也；鸠则性慈而多子。《曹》之诗曰：'鸤鸠在桑，其子七兮'。凡娶妇者，未有不祝其多男，而又冀其肯堂肯构也。当时之人，必有依人大厦以成昏者，故诗人咏之，后竟以为典要耳。"（《诗经原始》）诗中也非常明确地点明了成婚的时节。郑笺说："鹊之作巢，冬至架之，至春乃成。"这也是当时婚嫁的季节。陈奂说："古人嫁娶在霜降后，冰泮前，故诗人以鹊巢设喻。"（《诗毛氏传疏》）诗的每一章的前两句写布谷占据鹊巢分别使用了"居""方""盈"三个字，这也就是一种数量上的递进关系。"方"是指比并而住；"盈"是指住满为止。因此全诗三章并不是简单的重复。

第一章中的"百两御之"，即是成婚的第一个环节：新郎来迎亲，用"百两御之"，可见夫家的富有，同时也衬托出新娘的高贵身份；后面两章继续写成婚的第二个和第三个环节：迎回与礼成。“百两将之”是写男方已完成迎娶的任务，正在返回的途中；“百两成之”是迎娶回家之后，新人已经完婚了。“御”“将”“成”这简单的三个字已经涵盖了成婚仪式的整个过程。“之子于归”一句便点出了诗中所表现的女子出嫁的主题。各章选取了三个典型的婚礼场面，即便只用迎亲车辆的规模就已烘托出婚礼的盛大，并且非常准确生动地表现出喜庆热闹的新婚场景。

全诗以浅显的语言描写了婚礼的过程，没有像《桃夭》中以粉嫩的桃花来烘托新娘的美丽，也没有出现直接描述新娘容貌的诗句，但读者却仿佛感受到新嫁娘充满喜悦与羞怯的笑颜。如果说“之子于归”一句还隐约有新嫁娘的影子，让人在迎亲的队列中还知道新娘的存在，那么，男主角——新郎则完全隐在了诗中婚礼场景的幕后。新郎是否来迎亲，读者无从知晓。静心细品诗中的喜庆场面，往返迎亲队伍那悠长、立体的画面，这一切都浓缩于短短的三章诗句之中，不禁令人回味。

《诗经》中的婚礼习俗

很多人都曾被《诗经》中质朴的婚恋诗歌所打动，其间所反映出的古时的婚姻制度与礼俗也成为现代学者所重视的研究对象。实际上，现代社会中的许多婚姻礼俗都继承了古时的婚俗制度，有些只是随着历史的发展、时代的变革发生了一些形式上的变化，但大多可从古礼中找到源头。

早在周代，我国就已经有了一整套的婚礼仪式。根据《仪礼·士昏礼》上所载的媒聘婚的六道程序即为六礼。

第一个环节“纳采”，即是男方聘媒人到女方说亲，在征得女方的同意之后，以雁为礼物，派遣使者送上，就算是向女方正式提出缔结姻缘的请求了。

第二个环节“问名”，即男方派遣的使者问女子生母之名，以区分嫡出庶出，并问女子的名字、排行以及生辰，用来占卜。

第三个环节“纳吉”，即男方在完成占卜后，如获吉兆，便再次派使者送雁到女家，示为报喜。行纳吉礼后，正式确定婚约；如呈凶兆则这段姻缘也就到此为止了。

第四个环节“纳征”，也叫作“纳成”，即向女方送聘礼。

第五个环节“请期”，即男方占卜选一个黄道吉日，并征得女方的应允。

第六个环节“亲迎”。婚期吉日，新郎乘黑漆车亲往女方家迎娶。

这一六礼制度在《诗经》里也有所反映。如《卫风·氓》中的“尔卜尔筮，体无咎言。以尔车来，以我贿迁”，就表现了占卜与迎娶的环节；《郑风·将仲子》中的“父母之言，亦可畏也”，即是已经订婚，女子仍有所顾虑；《豳风·东山》中的“之子于归，皇驳其马。亲结其缡，九十其仪”，反映了新婚时的情景。《诗经》中也提及了媒人这一重要角色。如“伐柯如何？匪斧不克。取妻如何？匪媒不得”“取妻如之何？必告父母”。

周代的六礼直到近代都被一些豪门望族所遵循，男女双方要缔结婚姻关系的话，必须有双方父母、媒人的参与，并完成婚俗的各项内容。

古时人们的结婚年龄也是有所规定和限制的。据《周官》上记载：“令男三十而娶，女二十而嫁。”《越语》勾践法令则规定男子二十娶，女子十七嫁。一般认为，男三十、女二十是最高的上限，最低限制的嫁娶之年则为男子十六、女子十四。战乱过后可以结婚的年龄就早些，因为需要增加人口，甚至过了年龄不嫁娶还会遭受处罚。《召南·摽有梅》有言："摽有梅，其实七兮。求我庶士，迨其吉矣。摽有梅，其实三兮。求我庶士，迨其今兮。摽有梅，顷筐塈之。求我庶士，迨其谓之。"少女在采梅子时的动情歌唱，吐露出珍惜青春、渴求爱情的热切心声，可见一斑。

关于结婚的时令也非常讲究。《荀子·大略》中载："霜降逆女，冰浮杀止。"古时的农人"冬则居邑，春则居野。田牧之世，分散尤甚。故嫁娶必始秋末。迄春初，雁来而以为礼，燕来则祀高媒，皆可见嫁娶之时节"。吕思勉在《先秦史》中论道，《媒氏》"仲春奔者不禁，盖以时过而犹不克昏，则必乏于财，故许其杀礼"。《氓》中的诗句"匪我愆期，子无良媒。将子无怒，秋以为期"，女子提出的婚期正是在秋季。

在前面介绍的六礼中，纳采、问名、纳吉、请期、亲迎都要以雁作为礼物，有的学者说是取雁南来北往顺乎阴阳，象征阴阳和顺；有的说象征爱情忠贞；有些研究者认为其初始来源还与季节有关，以雁为礼也点明了婚礼的季节。由古籍"奔者不禁""令会男女"的记载来看，当时青年男女的交往也较为自由，《诗经》中大量的情诗证实了这一点。从《王风·大车》"岂不尔思，畏子不奔"这一诗句也可略见当时青年交往的状况，子女也有一定的婚姻自主权。婚礼仪式虽然冗繁，但其意义主要是为新人作证，确保双方婚后应有的权力。

婚，古写作昏。因为古代的婚礼大都是在黄昏时进行的。《唐风·绸缪》中有言："三星在天。"可知其婚礼是在晚间举办。有研究者认为《陈风·东门之杨》是写在城外相会的男女，实则描绘的也应是新婚男女。"昏以为期，明星煌煌""昏以为期，明星哲哲"显示的正是结婚的吉时。选择黄昏结婚也是古代抢婚的遗留，虽然后来这种抢婚制消失了，但习俗却一直延续着。

【注释】

[1] 维：发语词，没有实义。鹊：喜鹊。

[2] 鸠：布谷鸟。传说布谷鸟不筑巢。

[3] 两：同“辆”。百两：很多车辆。御（yà）：迎接。

[4] 方：占有，占据。

[5] 将：护送。

[6] 盈：满，充满。

[7] 成：完成了结婚的仪式。

【译文】

喜鹊筑巢在枝头，布谷飞来就住下。
姑娘马上要出嫁，百辆大车来迎她。

喜鹊筑巢在枝头，布谷飞来一起住。
姑娘马上要出嫁，百辆大车护送她。

喜鹊筑巢在枝头，布谷飞来占满它。
姑娘马上要出嫁，百辆大车迎娶她。

螽　斯

——多子多福的期盼

【原文】

螽斯羽[1]，诜诜兮[2]。
宜尔子孙[3]，振振兮[4]。

螽斯羽，薨薨兮[5]。
宜尔子孙，绳绳兮[6]。

螽斯羽，揖揖兮[7]。
宜尔子孙，蛰蛰兮[8]。

【赏析】

世间万物变化莫测，短暂的人生也被这种世事的无常所困扰。当生命终结，什么还能成为人生幸福的延续？在这一点上，我们的祖先早已把人生的幸福同多子多孙世世代代生生不息紧密联系在一起。这种保留着深厚的部落氏族的血缘意识，同时也体现了他们的生存法则：人多势众，以量的优势而不是质的优势去参与生存竞争，使短暂的个体生命用遗传的方式得到无限延伸。人心齐，泰山移；众人拾柴火焰高；人多好种田，人少好过年；人多势众。这些说法，便是老祖宗们由此留给我们的观念遗风。

子子孙孙无穷尽也——是繁衍生息的根本，是老一辈完成使命的荣耀，是家族延续的希望。华夏一族多子多福的观念，早在远古尧舜时代就已深入人心。《庄子·天地》篇有“华封人三祝”的记载：尧去华地巡视，守疆人对这位“圣人”充满敬意，衷心地祝愿他“寿、富、多男子”。而再三颂祝“宜尔子孙”的《螽斯》，正是古人这一“多子”愿望诗意的表达。

《螽斯》一诗分为三章，每章四句，前两句用螽斯起兴，后两句表达祝愿之意。虽用的是重章叠句的手法，却也是本诗鲜明的艺术特色的体现。如果说，“宜尔子孙”的三处连用，使诗的主题更加鲜明，那么，六组叠词的运用，则更使全诗韵味十足。方玉润的《诗经原始》有评论：“诗只平说，难六字炼得甚新。”《诗经》中的大量诗篇都运用了叠词手法，而《螽斯》的独特之处是：六组叠词，形象生动，隔句联用，音韵和谐，造成了节短韵长的表达效果。不仅如此，诗文结构相同，而六词意义有所不同，表达了诗文意义的递进关系：第一章注重多子兴旺；第二章祝愿世代昌盛；最后一章则表现一种儿孙满堂相聚首的欢乐氛围。其实，《螽斯》通篇都在围绕“螽斯”展开，然而，这一主题却是一语双关。因为，“螽斯”不仅是一个比喻性的意象，更是以螽斯来比喻强盛的生殖能力，这种用象征性意象来进行表现的手法在《诗经》中也是不多见的。

就螽斯这种昆虫来说，其生产后代的能力非常强盛，一年之内就可产下两三代，真不愧是“子子孙孙无穷尽”的动物。《螽斯》一诗正是源于此而用螽斯作比，寄情于物，表达多子多福的美好祝愿。常言“子孙众多，言若螽斯”，即是出于此。

中国传统意象的寓意

中国是世界的文明古国，悠久的历史、深厚的文化沉淀都为我们留下了取之不尽的宝藏。而中国传统的吉祥图案便是这些宝藏中最优美、最绚烂的一部分。人们对于美好生活的向往和追求往往可以通过这些吉祥图案来加以表现。人们巧妙地将人物、走兽、花鸟、日月星辰、风雨雷电、文字等意象融入美好的寓意之中，有的则是以神话传说、民间谚语为素材，通过借喻、比拟、双关、谐音、象征等手法，将图形与吉祥寓意进行完美的结合。我们把这种具有历史渊源、富有民间特色，又蕴涵吉祥企盼意义的图案称之为中国传统吉祥图案。中国传统吉祥图案是中华民族传统文化的重要组成部分，也是一种表现民族历史的艺术形式。先人们通过这些直观的完美形式来表达对幸福美满生活和财富的追求与渴望。

早在远古时期，人类就有着图腾崇拜。人们对于未知的世间万象与各式飞禽兽类、花鸟鱼虫等动植物的形态和特性充满了好奇与幻想，从中得到了灵感，祈福求安的图形符号便由此而来。在这种时代，陶制工艺上的人面与动植物的纹样或多或少都带着崇拜神灵的含义。此时的图腾文化，虽然还不算是人类主观创作上的吉祥图形，但从客观上说，却已为传统吉祥图案的发展奠定了基础。

到了新石器时代，在彩陶、石雕、玉刻中已然出现了大量的怪兽图案，除了龙、凤、龟、鸟等，云纹、水波纹、回纹等纹饰类图形也在其中。至春秋战国时期，真正意义上的吉祥图案在上层社会中产生。这一时期，随着生产力的提高，人们的思想在意识形态上发生了很大的变化。伴随着手工艺水平的飞速发展，人们丰富的想象力幻化出的影像渐渐可以用实物来表现了。如青铜器、漆器上的饕餮纹、夔龙纹、鸟纹、象纹等纹样。通过这些纹样,世人可以窥见特定时代,祖先们神秘古老的精神特质。秦汉时期，佛教中的因果报应、道教中的长生不老、儒教中的阴阳五行，加之神话传说的融合，吉祥图案的题材内容得到了极大的丰富，并被大量地运用在建筑、雕塑和民俗艺术当中。与此同时，富含吉祥意味的祝福语也开始出现。在现代考古中发现，早在汉代织锦上就已经出现文字吉祥图，如“万事如意”“延年益寿大益子孙”等。后世广泛应用的福、禄、寿、喜图案也已产生并逐渐发展起来。隋朝至元朝，吉祥图案渐趋完善。特别是在宋元之际，吉祥图案进入了高度普及期，在建筑彩绘、陶瓷、刺绣、织物、漆器艺术上，随处可见吉祥图案。甚至到了“图必吉祥”的地步。吉祥图案的发展到了明清时代开始进入成熟阶段。创新图样层出不穷，画图的技法也多种多样。吉祥图、吉祥语的广泛流传，对社会文化产生了深远的影响。

从中国传统吉祥图案的发展脉络来看，虽然吉祥图案的发展总体上成不断演进与完善的趋势，并在明清时期达到一个高峰，但在各个阶段都遇到过一些发展瓶颈。然而作为人们喜闻乐见的一种艺术形式，传统吉祥图案仍焕发着极强的艺术魅力。根据人们在制作吉祥图案时的创作方向，大致可分为以下几种情况：

汉字谐音。逢年过节，大多数中国人都愿意讨个“口彩”。实际上这也正运用了汉语上的一个重要特点：同音不同字。利用汉语的谐音以表达某种吉祥祝愿。这种创作在吉祥图案中的运用十分普遍。例如一只鹌鹑与九片落叶组成的图案取“安居乐业”之意——鹌居落叶；又如梅同“眉”，喜鹊代“喜”，枣同“早”，花生代“生”等。这些谐音就为吉祥图案提供了素材，可制作出“喜上眉梢”“早生贵子”等吉祥图案。

人们根据自己的观察，发现大自然中的动植物有着各种不同的生态性状。于是就寄情于物、象征附会。比如好狗不侍二主喻为忠，羊羔跪伏吃奶喻为孝，鹿性情温和喻为仁，良马顺主喻为义，还有日常生活中常见的成双成对的鸳鸯，常用来寓意恩爱夫妻。如此一来，儒学中所倡导的看似抽象的观念就有了具体的象征。

用最直观的物件来做吉祥图案的素材是最常见的应用方式，人们一看就能获得祈福的印象。像金元宝、宝玉等是属于财富的象征。灯笼是传统节日中最常用的喜庆挂饰。在灯笼上绘上五谷，寓意五谷丰登，丰衣足食；绘上笔墨纸砚、琴棋书画，寓意书香雅阁，文人雅士。一些描绘宗教故事的吉祥图案，是最具代表性的寓意吉祥的例子。像描绘道教“明暗八仙”与佛教“八宝”“八吉祥”的图案都属此寓意。

从某种意义上看，汉字本身就是一种非常美妙的图案。汉字的各种体例与书法形式都有着较强的表现力，因而常被作为一种有力的表现手段用于吉祥图案之中。像日常生活中常见的“福”“禄”“寿”“喜”四字组成的图案已成为中国传统吉祥图案中的一个重要组成部分。用各种书法体例组成的“百福”“百禄”“百寿”“百喜”图，常同室内装饰品或屏风雕刻相结合。书法艺术、民族艺术和传统文化相融相生，意味悠长。

中国古代诗歌词赋艺术有着悠久的历史，底蕴深厚，常运用比、兴等手法，借物以抒情。这些手法也被吉祥图案的创作所吸收，在手工艺品的制作上体现出一种浓郁的文化气息。比如，古人言“与人之善，如入芝兰之室，久不闻则其香化矣”，在吉祥图案的创作上，匠人们常将芝兰同画在一起，寓意高洁的君子之交；秋天的菊花临霜开放，异常耐寒，常成为文人墨客歌咏的主体，被寄予高尚的情操。在吉祥图案中，菊花则被赋予吉祥长寿之意。

当然，除了以上介绍的创作方式，许多的吉祥图案都是综合了以上象征手法来制作的。综合手法的应用也赋予了图案更为丰富的祈福祝愿，使得作品更为饱满生动。像由佛手、桃和石榴组成的“三多图”，意在多福、多寿和多男子，这三多组合在一起，便是人们所憧憬的美好幸福生活的象征。

【注释】

[1] 螽（zhōng）斯：蝈蝈，外表似蝗虫。羽：翅膀。

[2] 诜诜（shēn）：同“莘莘”，众多的样子。

[3] 宜：多。

[4] 振振：繁盛的样子。

[5] 薨薨（hōng）：很多虫飞的声音。

[6] 绳绳：延绵不绝的样子。

[7] 揖揖：会聚。

[8] 蛰蛰（zhé）：多，聚集。

【译文】

蝈蝈展翅飞，
成群结队乱纷纷。
你的子孙那么多，
繁盛兴旺无人比。

蝈蝈展翅飞，
成群结队多热闹。
你的子孙那么多，
绵延不绝令人羡。

蝈蝈展翅飞，
成群结队来会聚。
你的子孙那么多，
多得数也数不清。

葛覃

——织布女子心中的歌

【原文】

葛之覃兮[1]，施于中谷[2]，
维叶萋萋[3]。黄鸟于飞[4]，
集于灌木，其鸣喈喈[5]。

葛之覃兮，施于中谷，
维叶莫莫[6]。是刈是濩[7]，
为絺为绤[8]，服之无斁[9]。

言告师氏[10]，言告言归[11]。
薄污我私[12]，薄浣我衣[13]。
害浣害否[14]，归宁父母[15]。

【赏析】

很多学者都认为中国古典诗词存在“多义性”，这其实并不完全正确。“诗言志，歌永言。”（《尚书·尧典》）当诗人用诗词来抒发感情时，他们都具有非常明确的目的，因此也就不会存在迥然不同的多重含义。但是，诗人在表达感情时所运用的语言，却往往是存在多义性的。

《葛覃》一诗在进行解读的时候就存在这样的问题。这首诗的主旨，主要体现在最后一章中的“归宁父母”一句。然而“归”在古代，既可以指称女子的出嫁，像《桃夭》的“之子于归”；也可指称出嫁女子返回娘家，像《左传·庄公二十七年》所记“冬，杞伯姬来，归宁也”。所以，《毛诗序》认为此诗是赞美“后妃”出嫁前“志在女工之事，躬俭节用，服澣濯之衣，尊敬师傅”的美德，其出嫁可以“安父母，化天下以妇道也”；而现在的学者则认为，这是描绘一位贵族女子归宁（回娘家）之情的诗。这两种看法对主旨的判定相去甚远，但在诗意上又都是具有说服力的。究竟取“出嫁”说好呢，还是“回娘家”说好？年代久远，已无法与作诗者对证，只能仁者见仁，智者见智了。

不管抒情主人公是待嫁女还是新嫁娘，此刻她正处于喜悦而急切的企盼之中却是毫无疑问的。诗分三章，呈现于人们眼前的是三幅跳跃式的画境。首章似乎没有人物出现，只见一派清碧如染的葛藤，蔓延在幽静的山沟之间；然而这幽静的氛围，立刻就被一阵婉转的鸟鸣打破，抬眼望去，却见一只美丽的黄雀，在灌木丛上啼啭。这“无人”的情境，竟是一种幻觉，在那绿葛缠绕、黄雀啼鸣的背后，分明看到一位面带笑容的女子，正在那里顾盼神飞。此刻转入第二章，女子的身影终于进入诗行，而那背影却是如此飘忽不定:刚才明明看见她弯腰割藤，转眼间又见她坐在庭院中“濩”葛、织布了。而那满眼青翠的葛藤，霎时又化作一幅幅飘拂的葛布；此刻女子早已坐于铜镜前比着“絺绤”，正羞涩地试衣服呢！那一句“服之无斁”，流露出的是辛勤采织后的欣慰和骄傲。到了第三章，诗的境界又为之一变，诗句中瞬时多了一位慈眉善目的“师氏”。她仿佛在聆听，却又好像在指教，因为此刻年轻女子正央求她告知还有哪些需要清洗的衣物。“害浣害否，归宁父母”——心情急切的女子满含羞涩与掩饰不住的喜悦，最终还是向师氏和盘托出了内心的小秘密。当然，这心思无疑也被读者们听到了，人们不禁恍然大悟：原来穿梭于诗行之间的这位年轻女子，竟然是一位迫切待“归”的新人！如此看来，第一、二章的似断非断，山谷间的藤蔓、黄雀啼鸣的春景，与“刈濩”、织布的繁忙景象，不仅是烘托年轻女子的热切期盼，更显示了她的聪明才干。如此美好的女子，不管是即将被迎娶还是已然做了新媳妇准备“回门”，都能够让婆家满意，让父母欣慰。

就像动物的雌雄有分工一样，男人和女人在生活中的角色也有分工。男子种田耕地、打猎、经商、骑马、打仗，吃苦耐劳、粗犷彪悍是男子汉的本色。女子采桑织布、浆洗做饭、哺育子女，灵巧细心、温柔贤惠、周到体贴是女人的本色。这是自然法则。

在过去的数千年中，我们的祖先始终遵循着自然法则生活，男耕女织、自给自足。这种生活，培育出的是自然和谐的心态，是知足常乐、乐天知命的幸福感。

采桑织布，忙于家务是女人的天职，那么也就可以怀着愉悦的心情看待这一切。生身父母是最可亲可敬的亲人，因而思念父母、期盼“归家”的急切心情乃是人之常情，同样值得喜悦。质朴恬淡的生活，辛勤的忙碌，深深眷念着父母，都是人性真挚情感的自然流露，就如同渴了要喝水，饿了要吃饭一样。

在中国的传统习俗中，对女子的要求历来严厉。所谓“妇德、妇言、妇功、妇容”，便是古代夫权社会强加给女人的“教义”。如若不遵守这些，便不配做女人。《葛覃》诗中所表现的，正是这样一位安分“待归”勤于“妇功”的女子。劳作的艰辛，在女子心中，完全被“待嫁”或“归宁父母”的喜悦与憧憬所化解。

《诗经》中的女性形象

中国女性处的社会地位，是伴随着时代的变迁而发生变化的。在远古时代，存在过母系社会的形态，然而最迟到周代，中国社会已经建立起以男性为尊的父系社会。在宗法制度压迫下的女性，其生活状况从《诗经》的诗歌中所表现的内容上可见一斑。《诗经》中有很多篇章，真实生动地反映了古代社会的面貌，其中不乏对女性生活状态的表述。古代社会所给予妇女的，是一个既狭小又苛刻的生活空间，生于那样的时代，被灌输夫权至上的思想，妇女们无怨无悔地恪守社会所教导的“本分”。我们完全能够从《诗经》中，了解古代女性的真实生活状态：所处的社会地位、被赋予的社会权力、恪守的标准形象、维持的婚姻状况等。

古时女性所拥有的地位，并非是由先天的特质所决定的，而是由以男性为尊的社会文化的标准来判定的。《诗经》中有许多关于女性的诗篇，反映了当时社会的心理，以及对女性的要求。如《小雅•鸿雁之什•斯干》诗后分别叙述生男生女的不同期望和待遇，其中《寝床》《衣裳》《弄璋》和《寝地》《衣裼》《弄瓦》相比，一是尊贵的盛饰，一是普通的衣着。

女子生来就注定无法与男子享有同等的权利，也没有同等的期望和责任。可以说，社会对女性的期望值非常低，不要求她有自主的能力，只要求她顺从。因此，女性往往被强化为“卑贱”的气质，而终身成为被支配的对象。

古时的女性完全没有参政的权力。如《大雅·荡之什·瞻印》中的结论“哲夫成城，哲妇倾城”，观点非常鲜明地指出有智慧、善言辞的女性，都是危险的，只有男子才能建功立业，女子参政只会亡国败家。《小雅•祈父之什·正月》中“赫赫宗周，褒姒灭之”这一句也表达了相同的思想。同样是才智过人，但仅仅因为性别的差异，就产生了两种截然不同的评议。在《诗经》时代，女性的生活准则与范围已然被判定，以男性为尊的社会决不允许女性与男性并驾齐驱，政治的大舞台只属于男人，女人则属于家庭。

古时候的女性，在社会上到底是什么形象呢？让我们来看看《关雎》这一诗篇中的描绘。《关雎》体现了古代男子择偶的条件，君子心目中的“好逑”，是一位淑女，而且是悠闲、安静、举止安详稳重的淑女。此外从《郑风·有女同车》和《小雅·桑扈之什·车舝》中也可以看出男子心目中的佳偶形象，《车舝》重在歌颂妇德，《有女同车》则侧重于女子的美貌。青年男女相遇，一见钟情多发生在貌美女子的身上，如《卫风·硕人》中的描写就非常细腻。但是，倘若没有内秀，再美的容貌也是无用的，像《墉风·君子偕老》一诗就表达了这样的观点，“子之不淑，云如之何”，以及《邶风·燕燕》一诗中的“终温且惠，淑慎其身”。综合这些诗句的描述，可知古代男子心中理想的佳偶，是美貌与贤德的完美化身，两者相较，更为看重德行。

有关古代女性的工作职责，《斯干》一诗中已经记得非常明确：“唯酒食是议。”妇女的职责是主内不主外，其工作的活动范围被牢牢圈在家庭之内。《豳风·东山》一诗写妻子收拾好屋院，耐心等待丈夫归来;《小雅·楚茨》歌咏妇女忙碌于祭祀活动，称赞其劳作的快速；《召南·采蘩》和《召南·采蘋》则更加详尽地描述妇女在祭祀过程中的一系列活动。

除了这些，妇女还要分担田间的劳作，如《豳风·七月》《小雅·甫田之什·甫田》以及《周颂·闵予小子之什·载芟》等，从中都能够看到女性劳动者的身影。此外还有采桑织布，也都由女性负责，从《魏风·葛屦》《陈风·东门之枌》等诗篇中都可以了解到这一情况。

因为强烈的依附性，在古代，一旦达到婚配的年龄，女子对于寻找归宿的问题，都是极为迫切的。婚姻是女性最终的生存保障，除此之外似乎别无其他的道路可以选择。像《召南·摽有梅》一诗表现的就是女性及时未嫁的恐慌。然而，一旦婚嫁，往往不能如未出嫁时所憧憬的那样安然度日。古时，女性受制于男性，男子三妻四妾，喜新厌旧是常有的事，弃妇也就成为古代文学中常见的悲剧。如《墉风·柏舟》，王静芝《诗经通释》论为“节妇自誓之诗”，诗中女子眺望远处漂流的柏舟，承受来自各方的压力，尽管年华已逝，但仍苦苦守候忠贞的爱情。最令人唏嘘的则要数《卫风·氓》这一篇，方玉润的《诗经原始·评氓》有云：“女殆痴情者，未免一误再误，至于不可说，转欲援情自戒，则其情愈可知矣。”裴普贤则记得更为直白：“这已显露男方的刻毒，女方的温顺。”

综合以上分析，我们可以得出这样的结论：古时女子命运多舛，多是因为宗法制度下的大男子主义所导致的。男性意志主宰女性的社会地位与婚姻生活，女性没有自主权，没有参政权，总是处于被动的地位。只在家庭中操劳一生。如此吃苦耐劳，也最终避免不了无端被弃的命运。

【注释】

[1] 葛：葛藤，一种多年生草本植物，纤维可以用来织布。覃（tán）：长。

[2] 施（yì）：蔓延。中谷：谷中。

[3] 维：语气助词，没有实义。萋萋：茂盛的样子。

[4] 黄鸟：黄鹂。于：语气助词，没有实义。

[5] 喈喈（jiē）：鸟儿鸣叫的声音。

[6] 莫莫：茂密的样子。

[7] 刈（yì）：用刀割。濩：煮。

[8] 絺：细葛纤维织成的布。绤：粗葛纤维织成的布。

[9] 服：穿着。无斁（yì）：心里不厌弃。

[10] 言：语气助词，无实义。师氏：管女奴的老妈子。

[11] 归：指回娘家。

[12] 薄：语气助词，没有实义。污（wù）：洗去污垢。私：内衣。

[13] 浣（huàn）：洗涤。

[14] 害（hé）：曷，何，什么。否：不。

[15] 归宁：指回娘家。

【译文】

葛草长得长又长，漫山遍野全长满，
藤叶茂密又繁盛。黄鹂飞来在其中，
时而栖息灌木上，嘹亮婉转声清脆。

葛藤长得长又长，漫山遍野到处生，
藤叶葱绿又繁盛。割藤做麻织布忙，
织完细布织粗布，做成衣服难舍弃。

告诉管家心里话，我只想回我娘家。
快把衣服拿来洗。是否干净要分清，
回家看望父母亲。

劳动歌

七　月

——远古先民的劳动史诗

【原文】

七月流火[1]，九月授衣[2]。
一之日觱发[3]，二之日栗烈[4]。
无衣无褐[5]，何以卒岁[6]？
三之日于耜[7]，四之日举趾[8]。
同我妇子，馌彼南亩[9]，
田畯至喜[10]。

七月流火，九月授衣。
春日载阳[11]，有鸣仓庚[12]。
女执懿筐[13]，遵彼微行[14]，
爰求柔桑。春日迟迟，
采蘩祁祁[15]。女心伤悲，

殆及公子同归[16]。

七月流火，八月萑苇[17]。
蚕月条桑[18]，取彼斧斨[19]。
以伐远扬[20]，猗彼女桑[21]。
七月鸣鵙[22]，八月载绩[23]。
载玄载黄，我朱孔阳[24]，
为公子裳。

四月秀葽[25]，五月鸣蜩[26]。
八月其获，十月陨萚[27]。
一之日于貉，取彼狐狸，
为公子裘。二之日其同[28]，
载缵武功[29]。言私其豵[30]，
献豜于公[31]。

五月斯螽动股[32]，六月莎鸡振羽[33]。
七月在野，八月在宇，
九月在户，十月蟋蟀入我床下。
穹窒熏鼠[34]，塞向墐户[35]。
嗟我妇子，曰为改岁[36]，

入此室处。

六月食郁及薁[37]，七月亨葵及菽[38]。
八月剥枣，十月获稻。
为此春酒，以介眉寿[39]。
七月食瓜，八月断壶[40]，
九月叔苴[41]，采荼薪樗[42]，
食我农夫。

九月筑场圃，十月纳禾稼。
黍稷重穋[43]，禾麻菽麦。
嗟我农夫，我稼既同，
上入执宫功[44]。昼尔于茅[45]，
宵尔索绹[46]。亟其乘屋[47]，
其始播百谷。

二之日凿冰冲冲[48]，三之日纳于凌阴[49]。
四之日其蚤[50]，献羔祭韭。
九月肃霜[51]，十月涤场[52]。
朋酒斯飨[53]，曰杀羔羊。
跻彼公堂[54]，称彼兕觥[55]，

万寿无疆！

【赏析】

以史诗般的气势来记述农家的劳作和艰辛，以时间为线索将农家生活的方方面面展现出来，在古代的诗歌作品中恐怕没有能够比《七月》更经典的了。

所谓不当家不知道柴米贵，不稼穑不知道农民苦。农民一年到头辛辛苦苦，看起来好像是在为自己忙碌着，其实是在为他人谋幸福：打猎时，猎得大的猎物要献给王公贵族，上好的裘皮也要进贡；即使是送到田间地头的饭食，那些官员也要来沾沾光；漂亮的衣服要送给达官贵人，自己却连粗布短衣都没有；除了上缴赋税之外，还得服劳役，为官家建造房屋；年终庆贺丰收的时候，还要祝愿主人万寿无疆。

农民们的日子正是在这种忙碌、平凡、单调、周而复始的劳作中默默度过的。其实，他们的愿望和要求再简单不过了：活着，活下去。他们并没有什么奢求，吃饱穿暖就可以了。他们的子子孙孙全都怀着这样简单的愿望和要求活着，劳作，繁衍生息。

他们既不会像衣食不愁的富家子弟那样觉得生活空虚，也不会像文人雅士那样怜花惜月，高谈阔论，感物伤怀，更不会像哲人一样去思索生活的意义是什么、存在的价值是什么这样一些对他们来说有些不着边际的问题。单纯、质朴，就是他们的特点。活着就是一切，也是最高的要求。对他们来说，生活最重要的意义就在于活着。

因此，自然而然地，民以食为天，成了他们的生活信条。三亩地一头牛，老婆孩子热炕头，是他们生活的理想。春种秋收，日出而作，日落而息，成了他们自觉的生存意识。

这样的生活体验，触及最底层、最真实、最不允许有梦想的层面。它真的是太实际了，以至于没有了任何浪漫色彩，平淡得难以激起哪怕是小小的波澜，忙碌得几乎没有喘息的时候，辛苦得几乎直不起腰。瞧瞧他们那张古铜色的满是皱纹的脸，布满层层叠叠的老茧的双手，佝偻的身影，趾头裂开的双足，青筋突露的手臂，这些都是无情的岁月在他们肉体上留下的印痕。

自给自足，与世无争，乐天知命，安贫乐道，田园牧歌，全都是一些局外人的想象。生命的基本欲求如此残酷地横亘在面前，迫使人们必须放弃一切幻想，凭着自己的力量去同命运抗争。一分耕耘，一分收获。种瓜得瓜，种豆得豆。这样的现实，怎么会不使人变得实际起来？况且，天灾人祸的忧患，就像随时都可能出现的乌云，笼罩在农民们的心头。一旦遇上，情形也就会更糟。

这就是咱们的父老乡亲。倘若真的生活在他们中间，成为他们中的一分子，那么任谁绝对不会再无病呻吟，风花雪月。

《诗经·豳风·七月》，完全可以视为是在讲述一个家族的故事，而家族在西周封建制的时代是社会中的一个最小的单位，因此诗序从中拈出了“陈王业”的话题也不是没一点儿道理。王安石说：“仰观星日霜露之变，俯察虫鸟草木之化，以知天时，以授民事，女服事乎内，男服事乎外，上以诚爱下，下以忠利上，父父子子，夫夫妇妇，养老而慈幼，食力而助弱，其祭祀也时，其燕飨也节，此《七月》之义也。”但是它毕竟是在脚踏实地的劳作，其中有乐更有苦，有易更有难。它不需要刻意地进行粉饰，也无须努力编织一个美丽的梦想，但是它一定滤去了生活中许多的苦难和不幸，因为诗只想保留时人眼中有价值的经验以及心中亲切的风土和人情，并且使它成为传唱于人们口中的旋律。这首诗是一个家族真实的记忆。

然而《七月》的好，就在于叙事。它以月令为兴，颠倒错综，亦实亦虚，贯穿全篇，于是诗既有序而又无序，既散漫而又整齐，仿佛在讲述一年中的故事，又仿佛这故事原本就属于周而复始的一年又一年。叙事之好，就在于事中有情。“春日载阳，有鸣仓庚。女执懿筐，遵彼微行，爰求柔桑。春日迟迟，采蘩祁祁。女心伤悲，殆及公子同归。”叙事，而把事情嵌在了鲜翠流丽的背景之中。懿筐、微行、柔桑，是《诗经》中不多见的细微的刻画。但是诗的文字与诗的意思正是互为补充的，因此，虽然是刻画，确不觉得有刻画的痕迹。《七月》所要表现的是家族中的个人，但是却偏偏由“伤悲”的一面婉转写来。

“七月在野，八月在宇，九月在户，十月蟋蟀，入我床下”，这是《七月》中的神来之笔，也堪称《诗经》中最好的一句。《采蘋》一篇的叙事与它有异曲同工之妙，但是它把时间与空间拉得更长久、广阔，主角衔着推移时令的游丝隐藏在最后。宋玉的《九辩》“独申旦而不寐兮，哀蟋蟀之宵征”，正是运用了这一句的意思，虽然诗人的心中充满了悲哀，但是“蟋蟀之宵征”读起来却让人喜色形于面。后来姜白石的《齐天乐・咏蟋蟀》

中“露湿铜铺，苔侵石井，都是曾听伊处”，也还是从“豳诗漫与”中来的，而那才真的是“哀音似诉”了。

《诗经》里的农事

中国的夏、商、西周时期，农牧业生产有较大的进步。到周代，谷物种植业已发展成为社会经济中最重要的生产部门。相比之下，畜牧业在社会经济中的比重也就相应的下降了，采集狩猎活动则已经完全成为农业经济的补充。

夏王朝的中心活动地区主要集中在黄河中下游的伊、洛、济等河流冲积而成的黄土地带以及河、济平原上。这里是非常适合于进行农业生产的地区。相传禹臣仪狄酿造了酒，而秫酒（糯米酒）则是从少康时代开始制造的。用粮食酿酒，说明了农业生产有了较大的发展。

商代自从盘庚迁殷之后，农业就已经成为非常重要的社会生产部门。有人做过这样一个统计：经过整理的殷墟出土的甲骨片中，与农业有关的就有四五千片之多，其中又以占卜年景收成丰歉的为最多。占卜畜牧的卜辞则很少，卜黍、稷“年”和其他“受禾”“受年”的卜辞合计有二百条左右。说明在当时农业的重要性超过了畜牧业。

周人最初生活在适于种稷的黄土高原，组成一个以农业生产为主的部落。《诗经》，是现存最早的一部诗歌总集，其中有十多篇专门描述农业生产的诗篇，充分反映了当时农业生产的状况。《豳风・七月》就是一首非常完整的农事诗。诗中叙述了每月所从事的劳作、女工以及采集、狩猎等生产劳动。其他诸如《周颂·臣工》《大雅·生民》《大雅·绵》《小雅·甫田》等也都能反映当时农业生产的情况。

周代的农业生产工具虽然仍以木、石、骨、蚌等材质为主，但是金属农具的使用已经日渐增多。“命我众人，庤乃钱镈，奄观铚艾。”钱为铲类，镈为锄类，铚艾是收割工具，这些农具大都为金字旁，这些就是使用金属农具的例证。人们在生产中采用协作的方式，于是有“千耦其耘”“十千维耦”的说法。

《诗经》中所记载粮食作物的名称有21个，但大多是同物异名或者是同一种作物的不同品种，归纳起来，它们所代表的粮食作物只有六七种，这就是粟（亦称稷、禾，其品质优良者称粱）、黍、菽（大豆，或称荏菽）、麦（包括小麦——来和大麦——牟）、稻（水稻或称稌）和麻（大麻，其子实称苴或蕡）。在这些作物中，粟和黍是最为重要的。从原始社会开始直到商周，它们是黄河流域也是全国最主要的粮食作物。尤其是粟，种植范围更广。粟的别名是稷，也被用来称呼农官和农神，而“社（土地神）稷”则成为国家的代称。

原始社会的农业生产实行的是撂荒耕作制，一般一块地在耕种几年之后，便要抛荒，重新寻找新的土地来源。这种耕作制度在商代时仍然存在，有人认为，商代多次迁都的原因之一，就是撂荒。但是到了西周时代，便开始进入到休闲耕作制。《诗经》及《周易》中有菑、新、畬的记载。《尔雅·释地》:“田，一岁曰菑，二岁曰新田，三岁曰畬”。菑田，是指休闲田，任由其长草；新田是为休闲之后重新耕种的田地；畬田则是在耕种之后第二年的田地，田中已经长草，但是经过除草之后，仍然可以种植。菑、新、畬记载的出现，表明以三年为一周期的休闲耕作制度已经出现，这是农业技术进步的一个标志。

夏商西周时期，垄作的出现是农业生产技术的一个重大进步。垄作的出现，为的是解决排涝和灌溉的问题。北方地区的自然条件虽然是以干旱为主，但是夏季作物的生长高峰时期如果出现集中降雨则会导致洪涝。垄作最初主要是与排涝有关的。垄，也可以称为“亩”，《诗经》中有所谓“乃疆乃理，乃宣乃亩”，也就是平整的土地，划定疆界，开沟起垄，宣泄雨水的意思。当时人们在进行这两项工作的时候，非常注意地势高低和水流走向，于是要求“自西徂东”“南东其亩”，目的就在于排涝。

垄作的出现虽然是与排涝有关，但是却对后来的农业技术，如抗旱保墒的代田法等的出现产生了重大的影响，而且也影响着栽培技术的进步。《诗经·大雅·生民》中有“禾役穟穟”之语，“禾役”指禾苗的行列，表明当时已经有分行栽培技术的出现。分行栽培的出现又为除草和培土提供了便利的条件。

一部农业的历史在某种程度上，也可以说是与杂草做斗争的历史。原始的刀耕火种只能清除播种之前的杂草，但在播种之后，有些杂草就又会随着作物一同长出来，有些杂草不仅难以辨认，而且清除起来也要比播种之前困难得多，为了使莠不乱苗，也就有了中耕除草的出现。所以，商代的甲骨卜辞中已经有耨草的记载了，到了西周时期，有关中耕除草的记载也就越来越多了，《诗经·小雅·甫田》有“今适南亩，或耘或耔，黍稷薿薿”。

耘，即中耕除草；耔，即培土。薿薿，则是生长茂盛的样子，表明当时的人们已经认识到了，经过中耕、除草和培土，作物就可以生长茂盛。耘在周代，又被称为“麃”或“穮”。《诗经·周颂·载芟》：“厌厌其苗，绵绵其麃。”麃，即耘田锄草的意思。《说文解字》：“穮，耕禾间也。从禾，麃声。”也就是今天所说的中耕。中耕除草，已经成为一项经常性的农活。《左传·昭公元年》：“譬如农夫，是穮是穮。”当时田间的杂草主要有荼、蓼、莠、稂等。而后面的两种又是其中为害最烈的，《诗经》中有“维莠骄骄”“维莠桀桀”的描写。莠，即谷莠子，亦叫狗尾巴草；稂，即狼尾巴草。它们是谷田或黍田内最常见的伴生杂草。

后来的农业实践证明，中耕除草还具有抗旱的作用。但是当时的人们对此却并没有清醒的认识，抗旱还主要借助于灌溉来解决。《小雅·白华》中又有“滮池北流，浸彼稻田”的诗句，这是有关稻田引水灌溉的最早记载。但当时使用最多的还可能是取水灌溉。

农业生产中，在除草的同时，还开始了治虫的工作。卜辞中有关于虫害的记载，而《诗经》中则有治虫的方法。《诗经·小雅·大田》：“去其螟螣，及其蟊贼，无害我田稚，田祖有神，秉畀炎火。”螟、螣、蟊、贼分别是就其为害作物的部位而对害虫所进行的分类。食心曰螟，食叶曰螣，食根曰蟊，食节曰贼。这也是中国古代最早的对农作物害虫所进行的分类。从“秉畀炎火”一句来看，当时的人们已经开始利用某些害虫的趋光性来用火治虫了。唐代的姚崇就曾经说过：“秉畀炎火者，捕蝗之术也。”朱熹的《诗集传》中也说：“姚崇遣使捕蝗，引此为让，夜中设火，火边挖坑，且焚且瘥。盖古之遗法如此。”这说明以火光诱杀害虫的技术早在三千年前的西周时代就已经使用了。

从《诗经》中还可以看出，当时所种的粮食作物种类有很多，《豳风·七月》诗中有“百谷”之称，但提到名字的，并且种植较多的是黍、稷、禾、麻、菽、麦、稻六种。从品种上来说已经有早熟、晚熟、早播和晚播之分了，晚熟的品种称为“重”，早熟的品种称为“穋”，早播的品种称为“稙”，晚播的品种称为“稚”。当时还有“嘉种”的概念，《大雅·生民》：“诞降嘉种，维秬维秠，维穈维芑。”秬（黑黍）和秠（一稃二米）是黍中的优良品种，穈（赤苗）和芑（白苗）则是粟中的优良品种。嘉种的出现与选种有关。《生民》一诗中所说的“种之黄茂、实方实苞”即是对选种的描写，黄茂方苞，即是说要求选择色泽鲜黄、肥大而又饱满的种子。可以说《诗经》既是一部伟大的文学作品，同时也是一把让现代人了解和认识中国古代农业史的钥匙。

【注释】

[1] 流：落下。火：星名，又称大火。

[2] 授衣：叫妇女缝制冬衣。

[3] 一之日：周历正月，夏历十一月，以此类推。觱（bì）发：寒风吹起。

[4] 栗烈：寒气袭人。

[5] 褐（hè）：粗布衣服。

[6] 卒岁：终岁，年底。

[7] 于：为，修理。耜（sì）：古代的一种农具。

[8] 举趾：抬足，这里指下地种田。

[9] 馌（yè）：往田里送饭。南亩：南边的田地。

[10] 田畯（jùn）：农官。喜：请吃酒菜。

[11] 载阳：天气开始暖和。

[12] 仓庚：黄莺。

[13] 懿筐：深筐。

[14] 遵：沿着。微行：小路。

[15] 蘩：白蒿。祁祁：人多的样子。

[16] 公子：诸侯的女儿。归：出嫁。

[17] 萑（huán）苇：芦苇。

[18] 蚕月：养蚕的月份，即夏历三月。条：修剪。

[19] 斧斨（qiāng）：装柄处圆孔的叫斧，方孔的叫斨。

[20] 远扬：向上长的长枝条。

[21] 猗（yī）：攀折。女桑：嫩桑。

[22] 鵙（jú）：伯劳鸟，叫声响亮。

[23] 绩：纺织。

[24] 朱：红色。孔阳：很鲜艳。

[25] 秀葽（yāo）：秀是长穗，葽是草名。

[26] 蜩（tiáo）：蝉，知了。

[27] 陨：落下。萚（tuò）：枝叶脱落。

[28] 同：会合。

[29] 缵：继续。武功：指打猎。

[30] 豵（zōng）：一岁的野猪。

[31] 豜（jiān）：三岁的野猪。

[32] 斯螽（zhōng）：蚱蜢。动股：古人误认为蚱蜢鸣叫时要弹动腿。

[33] 莎鸡：纺织娘（虫名）。

[34] 穹窒：堵塞鼠洞。

[35] 向：朝北的窗户。墐（jìn）：用泥涂抹。

[36] 改岁：除岁。

[37] 郁：郁李。薁（yù）：野葡萄。

[38] 亨：烹。葵：滑菜。菽：豆。

[39] 介：求取。眉寿：长寿。

[40] 壶：同“瓠”，葫芦。

[41] 叔：拾起。苴（jū）：秋麻籽，可吃。

[42] 荼（tú）：苦菜。薪：砍柴。樗（chū）：臭椿树。

[43] 重：晚熟作物。穋（lù）：早熟作物。

[44] 上：同“尚”。宫功：修建宫室。

[45] 于茅：割取茅草。

[46] 索绹（táo）：搓绳子。

[47] 亟：急忙。乘屋：爬上房顶去修理。

[48] 冲冲：用力敲冰的声音。

[49] 凌阴：冰室。

[50] 蚤：早，一种祭祖仪式。

[51] 肃霜：降霜。

[52] 涤场：打扫场院。

[53] 朋酒：两壶酒。飨（xiǎng）：用酒食招待客人。

[54] 跻（jī）：登上。公堂：庙堂。

[55] 称：举起。兕觥（sì gōng）：古时的酒器。

【译文】

七月火星向西落，九月妇女缝寒衣。
十一月北风劲吹，十二月寒气袭人。
好衣粗衣皆没有，怎么度过这个年？
正月开始修犁锄，二月田里去耕种。
带着妻儿齐耕作，把饭送到地南边，
田官也来吃酒食。

七月火星向西落，九月妇女缝寒衣。
春光明媚暖融融，黄鹂歌唱声婉转。
姑娘提着小竹筐，沿着小路向前走，
伸手采摘嫩桑叶。春天来了日渐长，
人来人往采白蒿。姑娘心中好悲伤，
要随贵人嫁他乡。

七月火星向西落，八月要把芦苇割。
三月修剪桑树枝，手握斧头真锋利。
砍掉长长树枝条，攀着细枝摘嫩桑。
七月伯劳高声唱，八月开始织麻布。
蚕丝有黑又有黄，我的红色更鲜亮，
送给贵人做衣裳。

四月远志结了籽，五月知了阵阵叫。
八月田间收获忙，十月树上叶子落。
十一月上山打猎，猎取狐狸皮毛好，
送给贵人做皮袄。十二月猎人会合，
继续操练打猎功。打到小猪归自己，
猎到大猪献王公。

五月蚱蜢弹腿叫，六月纺织娘欢叫。
七月蟋蟀在田野，八月来到屋檐下，
九月蟋蟀进房中，十月钻进我床下。
堵塞鼠洞熏老鼠，封好北窗糊门缝。
叹我妻儿好可怜，一年将过新年到，
迁入这屋把身安。

六月食李和葡萄，七月煮葵又煮豆。
八月开始打红枣，十月下田收稻谷。
酿成春酒美又香，为了主人能长寿。
七月里来可吃瓜，八月到来摘葫芦，
九月采摘秋麻子，摘了苦菜又砍柴，
养活农夫把心安。

九月修建打谷场，十月庄稼收进仓。
黍稷早稻和晚稻，粟麻豆麦全入仓。
叹我农夫真辛苦，庄稼刚好收拾完，
又为官家筑宫室。白天要去割茅草，
夜里赶着搓麻绳。赶紧上房修房屋，
开春还要种百谷。

十二月忙去凿冰，正月搬进冰窖中。
二月开初祭祖先，献上韭菜和羊羔。
九月寒来始降霜，十月清扫打谷场。
两樽美酒敬宾客，宰杀羊羔大家享。
主人登上高庙堂，举杯共同敬主人。
齐声高呼寿无疆！

丰 年

——欢庆祈愿丰收年

【原文】

丰年多黍多稌[1]，亦有高廪[2]，
万亿及秭[3]。为酒为醴，
烝畀祖妣[4]。以洽百礼[5]，
降福孔皆[6]。

【赏析】

我们的祖先在丰收时节的庆贺仪式上，总是忘不了祭祀神灵，因为他们把丰收归功于神灵的恩赐。也许这也是古代先民的一种普遍心态。其实，丰收是人们用自己的双手和辛勤的汗水换来的，这个“神灵”不是别人，正是这些辛勤劳作的人们。因此，人们在祭祀丰收之神的时候，实际上也是在祝福自己。

中华民族生生不息的生命力的源泉中包含了对祖先的感恩和崇拜。它就像一根强劲的纽带，把我们一代又一代牢牢地连接在一起。我国古代称国家为社稷，社即是土神，稷则是谷神。由此我们可以看出，当时农业对于国家来说是何等的重要。人民的生存主要就是依赖于农业的生产，而且政权的稳固也要以农业生产作为保障。农业的收成在当时必然就成了朝野上下最为关注的头等大事。由于生产力发展的限制，当时农业基本上还是靠天吃饭，《小雅 · 大田》中就有关于这一点的叙述："雨我公田，遂及我私"的喜悦以及《甫田》里描写"琴瑟击鼓，以御田祖，以祈甘雨，以介我稷黍，以谷我士女"的迫切心情，就是最好的明证。人民的耕作基本上就是靠天吃饭，所以并非每年都是丰收年，因此，一旦遇上好年成，家家丰收，自然就要举行盛大的庆祝活动。

从《丰年》这首诗中，我们可以猜测出它是人们遇上好年头、大丰收时，在举行庆祝祭祀仪式上咏唱的颂歌。诗的开头很有特色。诗人以静态的描写手法，表现了丰收景象。许许多多的粮食谷物都贮藏在高大的仓廪之中，并用难以计算的数字衬托收获的丰盛。这些静态的景象虽然十分壮观，但透过静态，我们不难想象这种静态背后那亿万农夫长年辛劳的动态场景。诗人寓动于静，使读者的思想能够在广阔的天地间驰骋。

因为丰收而感谢神灵，自然就要以丰收的果实为祭祀之物。所以诗中写道："为酒为醴，烝畀祖妣。"因为丰收，祭品丰盛，从而"以洽百礼"、面面俱到。"降福孔皆"不仅是对神灵所赐恩泽的赞颂，也是向神灵祈求下一个恩赐。在《丰年》中，这首诗的前两句是实写丰收与祭品，而后两句则是关于祭祀的描写。

在周颂的《载芟》中出现过“万亿及秭。为酒为醴，烝畀祖妣，以洽百礼”这四句。在《丰年》中诗人所表现的则是一种劳动人民丰收的现实和对未来幸福的祈祷，而《载芟》中所表现的仅仅是人们对丰收的祈求和向往。《丰年》既着眼于现在，更着眼于未来，与其说是当时的人们善于深谋远虑，还不如说是他们在深深地感受到失去主宰自己命运的能力时所表现出的无奈。神灵作为一种引导人们方向的精神存在，确实是不可缺少的。同样，我们的祖先作为生命的源泉，在我们后人的心目中已经成为一种意义，一种感念的对象，也是不可缺少的。倘若没有了精神上的依托和感念，人生也就像失去了指示标，只能随波逐流。

中国的宗教信仰与祖先崇拜

以我们现代人的眼光来看，无论西方还是东方，从历史的角度出发，几乎大部分国家都是信仰宗教的国家。每一个民族的文明都受一种宗教文明的支配。而我国则历来就是宗教信仰自由的国家，但是也可以说，我国是世界上唯一一个不受宗教支配其文明发展的国家。历史上的其他文明，大陆文明也好，偏远的部落文明也好，自始至终，都受到本土的、外来的宗教冲击，全都膜拜这种宗教或是膜拜另一种宗教。

我国最初的宗教形式，就是统治中国两千年的儒家思想，即儒教。不过儒教这两个字，仅仅是有叛逆心理的哲学家创造的具有攻击性的词汇，并不能说它就是宗教。当佛教经尼泊尔传入中国，尤其是在唐宋之后，佛教便取代了儒家思想，并以佛的内质、儒教的躯壳继续统治中国；当然我国本土的道教，也在这个时期成了中国三大教之一，具有举足轻重的作用。

但这也并不能说中国就是一个宗教国家。首先说说佛教。当佛教传入我国之后，受到了儒教等多种思想的感染而渐渐地汉化，之后便形成了中国式的宗教，其中加入了中国人自己的看法和文明。而这个时期的儒学也发生了变化，吸取了佛教的精华，成了新儒学。因此使佛教成了一种表面上的宗教，而在实质上却是以一种世俗文明的形式出现在中国人面前。在新儒学产生之后，这种统治了中国数百年的思想，成了一种政治手段和思想统治的延伸，从严格的意义上说，它并不是宗教。

那么这个时期的道教呢？可以说，道教是中国土生土长的思想流派，从原始社会的共和制群体，到部落首长或蛮荒时代，都出现了以隐居为荣的人。这种人的思想中就已经显示出道教的最初内涵了。但道或许与我们平常所说的中国的祖先崇拜有些关系，而且道不如佛与儒二者那么容易参悟而且历史也更久远。其实宗教不过是一种精神的依托或是文明形式对生活于这种文明下的生命群体的集中，世界其他民族、民族群都有这种现象，而中国却没有，那或许就意味着中国人的个性很强，从表面上看起来是同一文化的群体，而实际上却是零散与分支的个体之间不同形式存在的不同思想意识，也可称作是表面上的同一文化，而以表面同一文化的“掩护”下存在不同形式的个体文化。但毕竟世界都有一个同一的规律，那就是某一片文明区域中必须是一种,或是互相兼容的几种思想对着全体生命体（自然就是人类了）的统治。所以，就切到正题了，那就是中国的祖先崇拜。

世界上其他国家的文明都是以宗教崇拜的形式出现的，但是在中国，在出现部落文明的时候，却是以某种祖先崇拜的形式出现的。那么什么是“祖先”呢？这里提到的祖先或许就是本部落里有名望，或者做出了巨大贡献的人或物。当然也有来自其他部族的，却同样在这个部落里做出了贡献或是实行了真正统治的人。所以中国的这种祖先崇拜，其实就是中国众多文明互相融合的象征。例如三皇五帝，他们就是祖先崇拜的一个特例，其实三皇五帝不是同一时期的人，他们属于不同的部落，但却成为所有中国人的崇拜对象，从而也就说明了这个问题。

事实上，中国的文明能延续到现在，或者说中国本身存在的那种民族统一都可以证明，祖先崇拜是没有血统限制的。

那些西方人或是阿拉伯人，会为他们敬爱的“神”做庙宇、雕塑像。历史上的其他民族大部分也会这样做。而在我国，人们会为“人”做庙宇、做塑像。这个“人”，就是作为祖先崇拜对象而存在的“祖先”。所以在某种程度上说，中国人所崇拜的是人，并且将这种“人”视为圣人，然后就是神。其实这种“祖先”包含了各行各业、有名有姓的人物，政治家，军事家，民族英雄。但是在其他国家，人们所崇拜的是某种宗教人物，即神或圣者的崇拜。虽然两者有相同点，同是崇拜；但其中存在一些完全不同的方面，即对虚拟世界与真实世界的不同认识。因为中国人就比较讲究实际，更富有一种人情味。这也是受不同的价值观和文明中所存在的思想差异所造成的。

【注释】

[1] 稌（tú）：稻子。

[2] 廪（lǐn）：收藏粮食的仓库。

[3] 亿：数万。秭：数亿。亿、秭都指数量极多。

[4] 烝：进献。畀（bì）：送上。

[5] 洽：齐备。

[6] 孔：很。皆：普遍。

【译文】

丰收之年收黍稻，准备粮仓高又大，
装进万亿黍和稻。酿制美酒和琼浆，
献给先祖和先妣。备齐百礼祭神灵，
神降福祉到人间。

采 蘩

——竟为他人作嫁衣

【原文】

于以采蘩[1]？于沼于沚[2]。
于以用之？公侯之事。

于以采蘩？于涧之中。
于以用之？公侯之宫。

被之僮僮[3]，夙夜在公[4]。
被之祁祁[5]，薄言还归。

【赏析】

全诗描述的是采白蒿者的辛劳，有着一股淡淡的哀怨。到野外山涧去采摘白蒿，在祭祀场所守候侍奉，这不会是王公贵族们所从事的活动。虽然，古代贵族夫人也掌有主管宗庙祭祀的职责，但并不直接参与采摘、洗煮等劳动。据《周礼·春官宗伯》上记载："世妇，掌女宫之宿戒，及祭祀，比其具。"贾公彦疏谓凡宫中祭祀涉及的"濯摡及粢盛之爨"，均由"女宫"担任。而《采蘩》中的主人公既然是"夙夜在公"，而其忙碌的场所又在"公侯之宫"，根据其描述所表现出的信息，自可判定此诗中的主人公即是被使唤的"女宫"。

诗的第一章，出现了一群忙于"采蘩"的女宫。她们日夜穿梭于池沼、山涧之间，寻找祭祀所需的白蒿，采摘够一定的数量之后，就匆忙送到"公侯之宫"。诗中采用了简短的问答之语："于以采蘩，于涧之中。于以用之？公侯之宫。"——"哪里采的白蒿？""水洲中、池塘边。""采来做什么？""公侯之家祭祀用。"一答一问间，那采蘩的忙碌景象已浮于眼前，采蘩女只在匆忙赶路中，才有时间简短回答好奇者的询问。仿佛问者刚听闻答复，采蘩女的身影就已远去了；迫不及待再追问一句，那"公侯之事"的回答声竟如同传自空旷的山涧。而后在第二章中延续第一章的一问一答，则更显忙碌之色。甚至可以从诗中依稀看到穿梭其中采蘩女的匆忙身影。

第三章的描述与上两章似乎有些脱节，实则是一种跳跃式的思维形式，从繁忙的野外采摘，一下子来到忙碌的宗庙供祭的现场。根据《周礼》"世妇"一词的注疏，在祭祀"前三日"，女宫就要日夜守在宫里，洗涤众多的祭器、蒸煮"粢盛"，忙于各种杂事。因为祭祀事宜的庄严性，女宫的装束也十分的讲究，穿着盛装，梳着一丝不苟的发髻，头戴光洁华丽的发饰。像这样一次必须"夙夜在公"的盛大祭祀，女宫们究竟要花费多少心血？诗中并没有做任何的铺陈，就直接将视线转移至她们的妆容上。捕捉女宫们发饰上的“僮僮”到“祁祁”的变化，进而间接描画出女宫们因操劳过度而无暇自顾的无奈心境。那顶着松散发髻、拖着无力的两腿走在回家路上的女宫们，人们已细辨不出她们脸上究竟带着几分释然、几分辛酸。诗尾的“薄言还归”对此已作了无言而余味悠长的回答。

诗文读来只觉得酸涩悲凉，那些认为《采蘩》是诸侯夫人的自咏之辞脱不了附会的嫌疑。穿行于诗文其间的，实是通宵达旦辛劳的女宫：急促的应答，透露着到贵族为奴的身不由己；发饰的变化，记录着女宫们“夙夜在公”的悲戚。千辛万苦到野外采来白蒿，是供王公贵族祭祀用；费心劳神打扮装点，不是为自己，而是为别人。为谁辛苦为谁忙？全是为他人作嫁衣裳。其中滋味唯有女宫们自己知晓。虽然没有言说，读者却能感到平淡的叙述中藏有的几许怨愤。

如此想来，做人其实也摆脱不了为他人作嫁衣的处境。其中的细微差别只在：自觉与不自觉，顺从与被迫。

《诗经》中的服饰

《诗经》作为中国最早的一部诗歌总集，人们在享受其质朴优美诗文的同时，也能够从中一睹西周至春秋时期的服饰文化。《诗经》中关于描写服饰文化的诗句，既客观地反映了当时的现实情况，也通过“比、兴、赋”等不同的诗文技巧，将服饰的描述与诗意的表达完美地结合在一起，无不令人叹服。以下是对《诗经》中出现的一些描写衣冠服饰词汇所作的简单介绍。

冕，在西周时期，指的是天子与一些高品级的朝臣所戴的礼帽，后来这一指称就专为帝王所用。古时所戴的礼帽及其款式，同朝服一样有着严格的等级限制。《诗经·小雅·采芑》中的“服其命服”，说的就是贵族听从天子号令，获得爵位，才会被允许穿戴与身份等级相符的衣帽。《诗经·卫风·淇奥》诗中云：“有匪君子，充耳琇莹，会弁如星。”匪，通斐，有文采之意；充耳，塞耳；琇莹，像玉一样的美石。在周代，贵族所戴的帽子两边的丝绳垂直耳际，并在此处系一块美玉，就好像塞住了耳朵一般，下方再配上长穗。弁是一种以鹿皮为原料的帽子，可以将玉石有规则地缀在帽子上，因为玉石的数量很多，看上去如同点点繁星。

早在西周，因为材质的多样，服装已有许多种款型。《诗经·秦风·终南》诗中有云：“君子至止，锦衣狐裘，颜如渥丹，其君也哉！”“君子至止，黻衣绣裳，佩玉将将，寿考不忘。”渥，湿润；丹，一种红色石，可以做染料。湿润之后，颜色更艳；黻，黑青相间的花纹；绣，用彩色的丝、绒、棉线在绸或布上做成花纹图案、文字。诗文的大意是：秦君来到这里，身穿花纹丝织和狐裘，红彤彤的颜色焕发润泽，鲜艳夺目。秦君来到这里，身着多色花纹的上衣和刺绣美观的裤子，玉佩锵锵作响，诚谦地祝愿老人健康长寿。

《诗经·大雅·丝衣》诗云：“丝衣其不，载弁俅俅。”不，鲜洁；载，即戴；弁，一种圆顶的草帽或布帽；俅俅，形容恭顺。丝衣，又说祭服；弁，又说祭帽。从上下文意来看，这是写周王举行养老之礼，也可以作一般礼服解释。西周时期已有各种服饰。《诗经·曹风·候人》中有云："彼其之子，三百赤芾。"芾，当时官服上的革制蔽膝，呈长方形，上窄下宽，缝在肚子到下膝之间的位置。大官用红色，小官用红黑色。"缡"和"芾"为女子的带饰，未出嫁的女子用"芾"；出嫁的则系"缡"，并由长辈来系结，意在身系于人，为女子的蔽膝。在《豳风·狼跋》和《魏风·葛屦》诗文中，分别描写了贵族穿着配衮衣礼服的红鞋（赤舄）和平民穿葛屦（草编鞋）之间的巨大差别。这一边细致华美，而另一方质朴粗陋。

周代的服饰不仅材质多样，款式特别，而且已可染制多种颜色的衣服。《诗经·邶风·绿衣》中写到一位丈夫悼念亡妻，通过对亡妻所制衣服，寄托对亡妻的思念之情："绿兮衣兮，绿衣黄里。""绿衣黄裳"，说明西周已有不同颜色搭配的不同服装。《诗经·郑风·缁衣》有"缁衣之宜兮"的诗句。缁，黑色；宜，合身。《诗经·郑风·子衿》："青青子衿，悠悠我心。"子，你；衿，领。写的是一位女子思念情人：你穿着交领和青色上衣，那学子风度，好不让人思念。《郑风·出其东门》有"缟衣綦巾""缟衣茹藘"的诗句。缟，白色的绢；綦巾，浅绿色的裙；藘，麻类植物；茹，通染。藘经过茹可以变成红色。表达了一位男子对女子的爱慕之情：无论她是穿着白绢的上衣，配以浅绿的长裙，还是随意地围着白布染色的佩巾，只要见到她，都会令我欢喜无比。

【注释】

[1] 于以：到哪里去。蘩：水草名，即白蒿。

[2] 沼：沼泽。沚：小洲。

[3] 被（bì）：用作“皮”，意思是女子戴的首饰。僮僮（tóng）：童童，意思是首饰繁多。

[4] 夙夜：早晨和晚上。

[5] 祁祁：首饰繁多的样子。

【译文】

到哪里去采白蒿？在沼泽旁和沙洲。
白蒿采来做什么？公侯拿去祭祖先。

到哪里去采白蒿？在那深深山涧中。
白蒿采来做什么？公侯宗庙祭祀用。

头饰盛装佩戴齐，从早到晚去侍奉。
佩戴首饰真华丽，侍奉结束回家去。

鸿雁

——小人物的悲伤

【原文】

鸿雁于飞，肃肃其羽[1]。
之子于征[2]，劬劳于野[3]。
爰及矜人[4]，哀此鳏寡[5]。

鸿雁于飞，集于中泽[6]。
之子于垣[7]，百堵皆作[8]。
虽则劬劳，其究安宅[9]。

鸿雁于飞，哀鸣嗷嗷。
维此哲人[10]，谓我劬劳。
维彼愚人，谓我宣骄[11]。

【赏析】

在我们身边，明智、富有同情心、善解人意的小人物有很多。这些人往往能够抛开自我为他人着想，然而他们自己却不能为他人所理解。

这些小人物大多数时候都是不被人们所关注的，或者可以说这也是生活中一种永恒的现实吧。

表面上看来，这似乎让人愤愤不平。但是事实上，这又是合乎人情事理的。因为小人物始终都被认为是小人物，他们永远都处在社会的边缘而不被人注意。只有那些只顾自己、心狠手辣、寡廉鲜耻、以自我为中心的人，才可能在芸芸众生之中“脱颖而出”，高居人上、显赫一时。所以，小人物自有成为小人物的道理与快乐，显赫的人物自有成为显赫人物的奥秘和痛苦。生活的真正面目就是这样。

《鸿雁》是一首“饥者歌其食，劳者歌其事”的现实主义诗作，具有国风民歌的特点。全诗共分三章，作者根据每章所叙述的内容的不同，运用了兴而比，或比而兴的手法，借鸿雁表现流民的困苦。诗歌首章就以鸿雁振翅高飞兴流民远行的“劬劳”。描写了流民被迫到野外去服劳役，连鳏寡之人也不能幸免。振翅高飞的大雁勾起了流民颠沛流离无处安身的感叹，感叹中包含着对繁重徭役的深深哀怨。反映了受害者的不幸，揭露了统治者的残酷无情。作者以鸿雁起兴，不仅可以引起读者丰富的联想，而且兼有比义。鸿雁是一种候鸟，秋来南去，春来北迁，这与流民被迫在野外服劳役，四方奔走，居无定处的境况十分相似。鸿雁在长途迁徙中的鸣叫，声音凄厉，听起来十分悲苦，这不禁使人触景生情，平添一丝愁绪。第二章承接上章，以鸿雁集于泽中兴流民聚集高墙一处。描写了流民服劳役筑墙的情景。鸿雁聚集泽中，象征着流民在工地上集体劳作，虽然筑起了很多堵高墙，但是自己却没有安身之地。这两章都是兴中有比，具有象征意味。诗歌的第三章以鸿雁的哀鸣比而作此歌。大雁一声声的哀叫，使流民产生了凄苦的共鸣，他们便情不自禁地唱出了这首歌，借此来表达心中的怨愤、哀伤，诉说命运的悲惨。但是却遭到那些贵族富人的嘲弄和讥笑。作者在此章采用了比中含兴的手法，增强了诗歌的形象性和艺术表现力。

整首诗可以说感情深沉，语言质朴，韵调谐畅；虽然它是一首抒情诗，但其中兼有叙事、议论的成分。此诗每章所写的具体内容虽各不相同，但却有内在的逻辑联系。首章写出行野外，次章写工地筑墙，末章表述哀怨，内容逐层展开，主题得到了升华。再加上“鸿雁”“劬劳”等词在诗中反复出现，形成了重章叠唱的特点，有一唱三叹的韵味，堪称佳作。

鸿雁——诗人笔下多解的意象

在中国古代诗词中，托物言志和借景抒情是作者在创作过程中不可分割的一个统一体。“景中有情”与“情中有景”的相互交融，在以鸿雁作为审美创作对象的作品中，就能较好地说明这一点。

鸿雁是一种随阳之鸟。虽然在季节和环境的渲染下，它的身上带有“秋”的意象，但是与蟋蟀、鸣蝉等昆虫相比，鸿雁仍有独特的美。当我们听到这些昆虫的浅吟低唱时，不免产生一种物华将近的寂寥之感；当我们看到列队南飞的鸿雁时，则令我们心胸开阔、精神振奋。“秋天萧条，秋容有红寥；秋风拂地，万籁也寥寥。惟风宾鸿，冲入在秋空里，任逍遥。”这便是对鸿雁这种审美对象的生动把握。

鸿雁是一种健飞之鸟。虽然在它翱翔天际时，它的翅膀显得沉稳有力，而且翔姿优美，亦刚亦柔，但它却不似鹰鹞猛悍桀骜，也不似鹤鹭轻灵飘忽，它能够给人一种坚忍、强劲的审美感受。无论在风频雨骤的春日，还是在霜寒月冷的秋夜，当鸿雁结阵翱翔、引吭嘹唳地掠过长空时，我们的这种审美感受就更加明显和强烈。真可谓是“蜃楼百尺横沧海，雁字一行书绛霄”。

在中国古代的诗词歌赋中，鸿雁大多以动态出现。曹植在其《洛神赋》中就有“翩若惊鸿，婉若游龙”之语。鸿雁南迁的阵容非常壮观，当一群群大雁雄姿勃勃地掠过长空时，不禁唤起古人雄浑悲壮的审美感受，而这种感受对于边塞诗人来说，尤为强烈。“雁来惨淡沙场外，月也苍茫云海间。”边塞诗人善于借秋空雁阵渲染沙场征战的雄浑悲壮之貌，“情中有景，景中带情”地抒发了战争的悲苦与无奈。

【注释】

[1] 肃肃：翅膀飞动的声音。

[2] 之子：这个人。征：出行。

[3] 劬（qú）劳：辛苦劳累。

[4] 爰：语气助词，没有实义。矜人：可怜的人。

[5] 鳏（guān）：寡年老无妻叫鳏，年老无夫叫寡。

[6] 中泽：泽中，水中。

[7] 垣：墙头。

[8] 堵：墙壁。古时一丈墙叫板，五板叫堵。

[9] 究：穷。宅：居。

[10] 哲人：明理的人，聪明的人。

[11] 宣骄：外表骄傲、逞强。

【译文】

大雁成群天上飞，翅膀啪啦声阵阵。
这个人儿出门去，劳累辛苦在郊野。
念及心中可怜人，为那鳏寡心哀伤。

大雁成群天上飞，停落在那水中央。
这些人儿筑高墙，高墙百堵皆筑起。
虽然劳累又辛苦，不知安身在何方。

大雁成群天上飞，声声哀鸣好悲凉。
只有那些明白人，说我辛苦又劳累。
但是那些愚昧人，说我骄傲又逞强。

断章阙

甘棠

——吃水不忘挖井人

【原文】

蔽芾甘棠[1]，
勿翦勿伐[2]，
召伯所茇[3]。

蔽芾甘棠，
勿翦勿败[4]，
召伯所憩[5]。

蔽芾甘棠，
勿翦勿拜[6]，
召伯所说[7]。

【赏析】

常言道，吃水不忘挖井人。忘记历史就意味着背叛。这都是告诫人们不要割断历史，更不能抛弃传统，这样才能保持历史发展的连续性。后世的人为了感念前人，将基业代代相传。人类文明之所以能够不断向前发展，或许就是建立在这种生生不息、世代传承的基础之上。前人栽树，后人乘凉；前人打下的基业，后世得到恩泽。后世不忘，前世之师。《甘棠》一诗就是感念前人恩德的佳作。

《甘棠》诗文的主题，蓝菊荪在《诗经国风今译》的论断认为是讽刺召公的作品，而古今众多学者都认为应是怀念召公的诗作。诗文写作的背景在《史记·燕召公世家》一文中有较为明确的记载："召公之治西方，甚得兆民和。召公巡行乡邑，有棠树，决狱政事其下，自侯伯至庶人，各得其所，无失职者。召公卒，而民人思召公之政，怀棠树，不敢伐，歌咏之，作《甘棠》之诗。"众多民间的传说和地方志中的资料对召公听讼甘棠树下的故事都有所涉及。召伯南巡，从不占用民房，只是在甘棠树下停顿，断讼决狱、支棚安歇。这种关心民间疾苦，不扰民、为民众排忧的好官，自然获得百姓的称颂。因而后世的人不忘前人，留下树木瞻仰恩公。

全诗共有三章，每章有三句。诗文由物引出人，由思人到爱物，因仰慕人的高尚品格而发展为对与之关系密切的物的敬重。对甘棠树的一枝一叶，从强调不要砍伐、毁坏到不能攀折枝叶，都从侧面烘托出人民对召公的爱戴，这种爱源于对召公德政教化的衷心感激。而诗文前两句先告诫人们不要损伤"甘棠"，而不是先说明原委。这样安排不仅为召公的故事埋下了伏笔，也使读者对"甘棠"的典故印象深刻。短短诗文竟藏如此渊源，可见作者构思之巧妙。方玉润的《诗经原始》有云：“他诗练字一层深一层，此诗一层轻一层，然以轻愈见其珍重耳。”陈震《读诗识小录》上也曾评说：“突将爱慕意说在甘棠上，末将召伯一点，是运实于虚法。缠绵笃挚，隐跃言外。”前人对《甘棠》诗的语言技巧都有着精到的论述。诗文仅用赋体铺陈排列，物象鲜明，文意精要；寓意深远，真挚感人，无怪乎吴闿生的《诗义会通》引旧说许为“千古去思之祖”。

历史是一种继承与延续，在不断创造与更新中向前发展。不断更新，不断补充新的活力。长江后浪推前浪，一浪接一浪，这样才有其连续性；但如果只强调连续性，则易于阻碍创新元素的加入，而如果只强调创新，就可能会误入背离传统的歧途。

果香四溢满《诗经》

中国的水果种类十分丰富，栽种水果与应用水果的历史也十分久远。《周礼地官司徒第二》中载：“场人：掌国之场圃，而树之果蓏珍异之物，以时敛而藏之。凡祭祀、宾客，共其果蓏，享亦如之。”“场人”便是指掌管果园以及礼仪上用果的官。中国对于水果的广泛运用，可以从各种祭祀、典礼、会议及人际交往之间的礼仪馈赠中反映出来。如《诗经·卫风·木瓜》的“投我以木瓜，报之以琼琚。匪报也，永以为好也。投我以木桃，报之以琼瑶。匪报也，永以为好也。投我以木李，报之以琼玖。匪报也，永以为好也”，就可以作为古代中国在礼仪馈赠中使用水果的例子。以下以各种水果传入的地方，简单地介绍中国水果的传播与运用：

在先秦时期的典籍中，桃、李、枣、栗是最常出现的果品，还有梨、梅、杏、柿、瓜、山楂、桑葚，杞、花红、樱桃也偶尔见诸典籍之中。其中最常见的桃、李、枣、栗常被作为祭品或赠礼。除了《诗经》中“投桃报李”的典故外，《左传》中还有“二桃杀三士”的故事。枣栗常用于祭祀活动。这四种水果中，桃是最为常见的。《诗经》中有很多以桃为主题的诗歌，出现频率远超过其他水果。《诗经》诗句中作比兴的对象常是生活中所见的事物，由此可见桃树的普遍性。在春秋战国时期，也出现了许多带“桃”字的地名，像桃丘、桃林等。

随着南方文化渐渐进入上层社会的视野，许多南方的水果也渐被国人食用。包括橘、柚、柑、橙、荔枝、龙眼、林檎（又称花红）、枇杷、杨梅、橄榄等。这些水果的原产地除了中国南方以外，还盛产于印度和南洋一带。

原产于长江中下游的柑橘类较早出现在典籍当中，约在春秋战国时期就已经很多见了。如人们耳熟能详的《淮南子》中的“橘逾淮为枳”的故事。人们从故事中知道了橘柚主要产在淮河以南地区，而橘柚此时也常作为合称，被归于南方的特产之列。《尚书·禹贡》上记载：“淮海维扬州，厥包橘柚为锡贡。”《吕氏春秋》也说“果之美者，云梦之柚”。前者将橘柚看作是处在长江下游的扬州上贡的特产，后者则说明长江中游的云梦地区是柚的重要产地。

荔枝及其他的一些水果，多产在西蜀或岭南地区，比橘柚晚一些进入中原地区，但最晚至汉代，也算是较为常见的水果了。传说荔枝是汉武帝破南越时传入的，也有的说是南越王赵佗献给汉高祖的。因为荔枝远产自岭南，不易获得，因而一般被视为珍品。汉朝皇帝曾将北方罕见的水果，像橘、橙、荔枝、龙眼等赐予匈奴单于。令荔枝声名远播的传说恐怕要算杨贵妃喜欢吃荔枝的典故了。唐诗中就有许多借这一主题发挥的诗作，比如杜牧所作的《过华清宫绝句》中的诗句："一骑红尘妃子笑，无人知是荔枝来。"

枇杷也产于南方的西蜀、岭南、荆州、扬州等地。因为产量少，其珍贵性和荔枝不相上下。林檎和苹果长得非常相似，都是蔷薇科植物。原产于西蜀和南方，直到晋代，还算是极为珍贵的水果。到了唐朝以后，因为气候的变化，典籍中食用林檎的记载比较少见，倒是出现了许多歌咏林檎花的诗句。橄榄在汉武帝时期，有人曾尝试将它与荔枝、龙眼、柑橘一起移植北方，但好像失败了。在中国主要在岭南一带栽种橄榄，并不十分普及，而且橄榄也没有被用来榨油。

野葡萄在中国也有生长区域，但中国人开始吃葡萄的历史，则要从由西方引进葡萄的时候算起，酿葡萄酒的方式也是在这时传入的。一般认为葡萄是由西域传入内地的。有关这一点，史书上的最早记载始见于《史记》："大宛以蒲桃为酒，富人藏酒至万余石，久者数十岁不败。"当时葡萄被视为珍品水果，到了唐代，唐人嗜食胡食，用葡萄酿酒的工艺得到推广，葡萄酒也因之普遍。同时代也出现了许多咏葡萄酒的诗句。由于葡萄由西域传入，因而在诗人们歌咏葡萄酒的诗句中总免不了会出现胡人的形象。

【注释】

[1] 蔽芾（fèi）：树木茂盛的样子。甘棠：棠梨树，落叶乔木，果实甜美。

[2] 翦：同"剪"，意思是修剪。

[3] 召伯：即召公虎，西周的开国元勋。茇（bá）：草屋，这里是指在草屋中

居住。

[4] 败：破坏，毁坏。

[5] 憩（qì）：休息。

[6] 拜：用作“拔”，意思是拔除。

[7] 说（shuì）：休息，歇息。

【译文】

梨棠枝繁叶茂盛，
切勿修剪莫砍伐，
召公曾经树下住。

梨棠枝繁叶茂盛，
切勿修剪莫损毁，
召公曾经树下歇。

梨棠枝繁叶茂盛，
切勿修剪莫拔根，
召公曾经树下停。

鹤鸣

——山林美景聚一园

【原文】

鹤鸣于九皋[1]，声闻于野。
鱼潜在渊，或在于渚[2]。

乐彼之园，爰有树檀[3]，
其下维萚[4]。他山之石[5]，
可以为错[6]。

鹤鸣于九皋，声闻于天。
鱼在于渚，或潜在渊。

乐彼之园，爰有树檀，
其下维谷[7]。它山之石，
可以攻玉。

【赏析】

现代都市，钢筋混凝土不仅构建了我们的生活圈，而且还成了我们不得不欣赏的“自然风景”。当我们翻开古籍，饱览古人所描绘的自然美景时，不禁会感到那一幅幅迷人的画面似乎真的是“世外桃源”。

这首《鹤鸣》所描绘的就是园林池沼的美丽。单从诗的表面上看，这首诗所表达的意思是：诗人来到广袤的荒野上，听到声传四方、高入云霄的鹤鸣；然后看到鱼儿一会儿潜入深渊，一会儿又跃上滩头。当诗人放眼观望时，他看到了一座园林。林中有高大的檀树，檀树下面还堆着一层枯枝落叶。园林的近旁，又有一座怪石嶙峋的山峰。当诗人看到山上的石头时，不禁想到它们可以做磨砺玉器的工具。

而对于这首诗的主旨，历来就有几种不同的说法。《毛诗序》中记载“诲（周）宣王也”，郑笺补充说：“诲，教也，教宣王求贤人之未仕者。”王先谦在《诗三家义集疏》中列举了一些事例证明鲁诗、齐诗、韩诗都与毛诗的观点一致。到了宋代，朱熹则在《诗集传》中称：“此诗之作，不可知其所由，然必陈善纳诲之辞也。”认为这是一篇意在劝人为善的作品。而今人程俊英在《诗经译注》中，将祖毛、郑旧的说法加以发展，他提到“这是一首通篇用借喻的手法，抒发招致人才为国所用的主张的诗，亦可称为‘招隐诗’”。

整首诗共分两章，每章九句。前后两章共用了四个比喻，语句似乎相同，但是押韵不同。我们可以通过朱熹的说法，对这首诗加以分析。朱熹在分析这首诗的第一章中说：“盖鹤鸣于九皋，而声闻于野，言诚之不可揜（掩）也；鱼潜在渊，而或在于渚，言理之无定在也；园有树檀，而其下维萚，言爱当知其恶也；他山之石，而可以为错，言憎当知其善也。由是四者引而伸之，触类而长之，天下之理，其庶几乎？”他将诗中四个比喻，概括为四种思想即：诚、理、爱、憎。他认为，如果将这四种思想引申出去，就可以成为“天下最普遍的真理”。朱熹的这种说法看起来颇具辩证性，他不仅用发展、变化的观点分析了这个问题，而且还兼顾了这个问题的两个方面。事实上，朱熹是运用程朱理学来分析诗歌的，这一点从他对第二章的解释中就可以清楚地看到。

朱熹在《诗集传》中提到这首诗的第二章节时引用了程子的一段话，程子曰：“玉之温润，天下之至美也。石之粗厉，天下之至恶也。然两玉相磨，不可以成器，以石磨之，然后玉之为器，得以成焉。犹君子之与小人处也，横逆侵加，然后修省畏避，动心忍性，增益预防，而义理生焉，道理成焉。”程子与朱熹在对诗歌的分析手法上，可以说是如出一辙，皆为引申之词。例如诗中“他山之石，可以攻玉”一句，单从字面来看，所表达的就是一座山上的石头，可以用来磨制玉器，今人也常常引以为喻。然而它是否是诗的本义呢？似乎很难说清楚。

这首诗是一首借景抒情的小诗。诗中诗人从听觉写到视觉，然后写到内心的所思所感，一条清晰的脉络贯穿全篇，也使诗歌的结构十分完整。在我们欣赏这首诗歌的同时，似乎也看到了一幅远古诗人漫游荒野的图画。而且在这幅优美的图画中，有色有声、有情有景，读起来不免令人产生思古望今的情怀。

风光无限，情意绵绵

在中国诗歌类别中，山水田园诗可以说占有很大的比重。悠久的华夏历史为擅长创作山水田园诗的诗人提供了审美时间，美丽的风光为他们提供了审美空间，从而使他们创作出了大量优秀的山水田园诗。

山水田园诗派的诗人们大多都怀有一颗强烈的爱国之心。他们以名山大川为筋骨血脉，以田园为肌肉，在这片神州大地上获取了丰富的创作题材和灵感。山水田园哺育人，人当然就热爱山水田园，不禁便产生了一种深沉的山河之恋、乡土之爱和浓郁的爱国之情。另一方面，山水田园诗人又在爱国主义精神的激励之下遍游祖国的青山绿水，饱览田园，讴歌华夏风物，从而创作出优美的山水颂歌，使山水田园诗获得了很高的思想意义，为我国的爱国主义文学的发展做出了重大的贡献，从一定意义上说，这对爱国主义传统的继承与发扬发挥了不可忽视的作用。

山水田园诗的兴起，最早可以追溯到遥远的上古时代。当锄耕农业被广泛推广时，生活在田园中的人们就创作了农事歌谣。如《遂草木》《奋五谷》中就有关于农事的诗章。《诗经》中的《豳风·七月》《齐风·甫田》《小雅·大田》也都记载了关于农事的诗。这些都可以看作是初期的山水田园诗。当时的华夏民族就有许多祭祀山神、旅游、隐逸的传说。黄帝游天下，封禅五岳；巢父、许由因自标高洁不受天下而遁迹山林；虞舜东巡狩，登南山，观河渚，南巡苍梧而死，葬于九嶷山；孔子游缁维之林，坐杏坛之上，又出游少源之野、戎山之上，“知者乐水，仁者乐山”就是他所提出的著名观点；屈原在《招魂》中描绘楚国“川谷径复，流潺湲些。光风转蕙，氾崇兰些”“层台累榭，临高山些”所表现的就是以祖国美不胜收的山川，呼唤楚王之魂归来。六朝以后，山水田园诗得到了世人的重视，可以说是其最繁盛的时期。这一时期的山水诗大多颂扬山水田园之美以表山河之恋、故土之情。诗人借山水抒发自己的爱国之情。例如高适在《奉酬睢阳李太守》中有这样一句“礼乐光辉盛，山河气象幽”。

曹操的《观沧海》可以说是古代第一首较为完整的山水诗。诗人在诗中描写了北方的山水、大海，“水何澹澹，山岛竦峙。树木丛生，百草丰茂。秋风萧瑟，洪波涌起。日月之行，若出其中；星汉灿烂，若出其里”等描写寓志寄情，令人视野开阔。到东晋南朝时期，随着经济文化中心的进一步南移与东南地区的进一步开发，庄园经济的发展，门阀士族游览山水田园避世享乐成风，玄学、释道思想的兴盛及儒释道思想的初步融合，文学自觉时代的来到，意境说的萌生，士族诗人群体形象的出现，山水田园诗作为独立的诗歌流派与完整的艺术形式正式出现在古代诗坛上。东晋南朝诗人几乎都善于创作山水田园诗，其中以陶渊明的田园诗、谢灵运的山水诗最为著名，可以说他们的诗既肇其源，又奠其基。

严格来讲，山水田园诗是以题材为标准划分出了山水诗与田园诗两类不同诗歌，虽然有擅长写山水的，也有热衷于写田园美景的，但是兼写二者的人还是占大多数的。而且它的发展过程也是曲折的。

从《诗经》到建安近千年的时间里，国家的山水依旧，田园风光也是一天比一天壮美，但是在这一时期内的田园诗却很少，更没有山水诗。其原因首先是其时生产力与后世相比还不甚发达，诗歌沿“饥者歌其食，劳者歌其事”的现实主义方向发展，无暇留意山水田园之美，更难及山水田园之妙。其次是其时诗歌还未成熟，尤其是古代诗歌意境说还未产生，诗歌还未进入自觉时代，因此以描写山水田园来外化人格、以寄寓理趣性灵的心态追求意境美的高层次的诗歌便不可能产生。并且先秦至汉代，诗人多是普通百姓，他们因生活及文学水平的制约，无暇欣赏也无法描绘表现山水田园之美。再次，其时时代的主导思潮是重人事重现实的前期儒家思想，儒家诗学的中心是“言志”，传统是“发乎情止乎礼义”，人们受此影响也不可能产生写景物重内涵的山水田园诗。最后，其时经济文化中心在中原，与南方相比，山水田园之美是较为逊色的，受审美客体影响，也不可能产生较为成熟的山水田园诗。纵向考察，山水田园诗恰须此四者并具才可能产生并走向成熟。

两晋南北朝时期，由于社会空前黑暗，血腥的现实使儒家“修身、齐家、治国、平天下”的信念逐渐产生动摇，而玄学、释道思想也随之兴起；士大夫们或超脱现实，或沉迷于美人醇酒，或走向自然，享受南方山水之乐趣，于是两晋南北朝便有竹林七贤与宫体诗人，还有玄言诗人与山水田园诗人。不过士人们不能完全忘怀“修齐治平”，更不能完全脱离现实，于是诗中便出现了矛盾与痛苦。相比之下，一心向佛、遁入空门似乎好于孤寂难耐，但是对美人醇酒的迷恋却又是极其消极的选择，而走向自然去享受山水中所蕴含的快乐，不仅是不孤寂难耐的，而且更为清雅，因此创作山水田园诗就成了当时的一种时尚。那些热衷于创作山水田园诗的人不仅在诗坛上是最具活力的，并且他们的诗作也为后世带来了深远的影响。

【注释】

[1] 皋（gāo）：沼泽。九皋：曲折深远的沼泽。

[2] 渚（zhǔ）：水中的小块陆地。

[3] 爰：语气助词，没有实义。檀：紫檀树。

[4] 萚（tuò）：落下的树叶。

[5] 它：别的，其他。

[6] 错：磨玉的石块。

[7] 谷（gǔ）：楮树。

【译文】

白鹤鸣叫在深泽，鸣声四野都传遍。
鱼儿潜游在深渊，时而游到小滩边。

那个可爱的园林，种着高大的紫檀，
树下落叶铺满地。其他山上的石块，
可以用来磨玉石。

白鹤鸣叫在深泽，鸣声响亮上云天。
鱼儿游到小滩边，时而潜游在深渊。

那个可爱的园林，种着高大的紫檀，
树下长的是楮树。其他山上的石块，
可以用来磨玉石。

思　齐

——君王的典范

【原文】

思齐大任[1]，文王之母。
思媚周姜[2]，京室之妇[3]。
大姒嗣徽音[4]，则百斯男[5]。

惠于宗公[6]，神罔时怨[7]。
神罔时恫[8]，刑于寡妻[9]。
至于兄弟，以御于家邦[10]。

雝雝在宫[11]，肃肃在庙[12]。
不显亦临[13]，无射亦保[14]。

肆戎疾不殄[15]，烈假不瑕[16]。

不闻亦式，不谏亦入[17]。

肆成人有德，小子有造。

古之人无斁[18]。誉髦斯士[19]。

【赏析】

《思齐》全诗共有二十四句，究其章节的划分，从古至今，有两种不同的分法：《毛传》将其分为五章，前两章每章为六句，后三章每章为四句；郑玄将其改为四章，每章均为六句。但是，相比较而言，学术界都认为毛传的划分更为合理。

在首章中，诗人用六句诗歌分别赞美了周室的三位女性，即俗称的“周室三母”：文王祖母周姜（太姜）、生母大任（太任）以及妻子大姒（太姒）。但诗歌中的叙述顺序为什么不是依照世袭进行的呢？孙矿对此的分析是：“本重在太姒，却从太任发端，又逆推上及太姜，然后以‘嗣徽音’实之，极有波折。若顺下，便味短。”而马瑞辰对此也有自己的见解：“按‘思齐’四句平列。首二句言大任，次二句言大姜。末二句‘大姒嗣徽音’，乃言大姒兼嗣大姜大任之德耳。古人行文自有错综，不必以思媚周姜为大任思爱大姜配大王之礼也。”

对于全诗的主旨，历代名家都有自己的看法。《毛诗序》里提到，本诗的主旨是“文王所以圣也”。欧阳修说：“文王所以圣者，世有贤妃之助。”欧阳修认为，文王是由于得到了母亲和妻子的帮助才最终成为一代圣君的，所以本诗赞美“文王所以圣”就是要赞美“周室三母”。但是，在整首诗中，只有首章谈到了“周室三母”，其余四章都没有提及，正如严粲所说：“谓文王之所以得圣由其贤母所生，止是首章之意耳。”所以，《毛传》和郑笺显然是将首章的主旨理解为全诗的主旨了。其实本诗旨在赞美文王，赞美他是“文王之圣”，而不是“文王之所以圣”。首章只是全诗的一个引子，而全诗的重心在于后面四章。

第二章的六句包含了两层意思。前三句是说文王因为孝敬祖先而受到了神灵的庇佑。后三句说文王以身作则，使妻子和兄弟都能够像自己那样拥有美好的品德，最后还将这种美德推及到家族邦国当中去。对于本章第四句“刑于寡妻”中的“刑”字，《毛传》认为应该理解为“法”，郑玄认为：“文王以礼法接待其妻，至于宗族。”这个“刑”字在《诗经》中共出现过六次，共有两种解释：一为名词“法”，一为动词“效法”。本诗中的“刑”是动词，所以还是将其解释为“效法”比较好，况且郑玄所说的“礼法”是后来才有的概念，恐怕在文王时代根本没有这个词。“刑于寡妻”的意思就是“被寡妻所效法”，所以“刑”逐渐又被引申为“型”，即典型、模范，本诗用的就是这个意思。

从第三章开始，每章由原来的六句变为四句。第三章的前两句起到了承上启下的作用，以文王在家庭和宗教这两个环境中的表现，赞颂他能够处处以身作则、为人表率的美德。后两句“不显亦临，无射亦保”则更加细致入微地表现了主题。“不显”一词在《诗经》中共出现过十二次，多表示“很显明”的意思。唯有在《大雅•抑》“无曰不显，莫予云觏”中，作“昏暗、不明亮”解，意思是：莫说因为这里光线昏暗而无人能看见我。朱熹在他的《诗集传》中解释道：“无曰此非显明之处，而莫予见也。当知鬼神之妙，无物不体，其至于是，有不可得而测者。”本诗中的“不显”也是这个意思。所以，本句的意思是：文王即使身处幽隐之处，依然小心翼翼，从不为所欲为，因为他知道在幽隐的地方也会有神灵的眼睛在注视着他。第四句的“无射”在《诗经》中出现过三次，都解释为“无斁”。“无斁”也就是无厌不倦的意思。“无射亦保”的“保”即是“明哲保身”的“保”，所以，全句的意思是说文王孜孜不倦地保持着美好的德行。

如果说第三章谈的是“修身”的话，那么最后两章就是在讲“治国”了。第四章的前两句“肆戎疾不殄，烈假不瑕”，说的是文王好善修德，所以能够使天下太平，解除内忧外患。对于“瑕”“殄”二字的解释，可谓繁不胜繁。其实这两个字的意义非常相近，两个字都有伤害、灭绝的意思。对于第四章最后两句“不闻亦式，不谏亦入”，各家的解释也是五花八门。《诗集传》中的解释可谓是最简洁的：“虽事之无所前闻者，而亦无不合于法度。虽无谏诤之者，而亦未尝不入于善。”

最后一章主要讲的是文王注重对人才的培养和优秀人才的选拔，最后一句“誉髦斯士”，一直以来对它的理解也是颇有争议的。高亨在《诗经今注》中说：“‘誉髦斯士’，当作‘誉斯髦士’，‘斯髦’二字传写误倒。《小雅·甫田》：‘燕我髦士。’《大雅·棫朴》：‘髦士攸宜。’都是髦士连文，可证。”其实“誉”表示好，“髦”表示俊，在此作为动词使用，所以“誉髦斯士”就是“以斯士为誉髦”的意思。

全诗包含了修身、齐家、治国、平天下之道，使我们看到传统美德在周文王身上的完美体现。

我们都知道，榜样的力量是无穷的，但是，好榜样会对人产生好的影响，坏榜样则会产生不好的影响。所谓“上梁不正下梁歪”，领导者作为国民效仿的榜样，他的一言一行对众人有着最直接的影响。从这个意义上来说，领导者就有别于普通人了，具体表现在：普通人有时可以完全不顾及影响和后果而随心所欲地做事情，但是领导者则必须要考虑影响而严以律己，不应当随心所欲，肆意妄为。即使是一些细小的问题，也得从大处着眼来考虑和处置。

在中国的历史长河中，有几个君主能够像周文王那样做到以身作则、率先垂范呢？这样的榜样实在难能可贵。

那些身处权力顶峰的人，大多很难抵御权力的诱惑与冲击。而处于传统的世袭制度之中，无上的权力对于贵族子弟来说，似乎就是上天的一个恩赐，不需要经过努力便可轻易获得。而轻易得来的东西，用起来便也不懂得珍惜。运用权力获得的利益反过来会引发人们更大的欲望。于是，便开始了恶性循环。也许，周文王与其他那些起不到表率作用的君主的差别，就在于他深知得江山不易，守江山更难的道理吧。

渭水河畔一钓翁

周文王其实姓姬，名昌，因为曾被商纣王赐封为西伯侯，所以又被世人称为西伯。周文王对于阴阳八卦可谓十分精通，所以《易经》又常常被称为《周易》。民间流传已久的《周公解梦》就来源于此书。周文王在位的时候，就以“贤名闻于诸侯”。据《史记》记载，周文王曾经为了能够解除炮烙之刑而将河西之地献出，而且他还礼贤下士，十分重视人才，当时有许多贤士都投到了他的门下。

姜子牙是汲人，也就是今天的卫辉市太公泉镇人，名尚，字子牙。因为他的先祖佐禹治水有功，被封于吕，所以他又叫作吕尚，但世人大多称他为姜太公。据传说，姜子牙五十岁的时候，在棘津当过小贩，在他七十岁的时候，又在朝歌屠牛卖肉以维持生计，到了八十岁，就整日坐在渭河边上垂钓。后来，他开始辅佐周文王和周武王，攻打殷商，振兴周朝，最终殷商被灭，他又被周武王封于齐。

关于周文王是如何请到姜子牙来辅佐自己的，在民间有着很多传说。根据《史记》的记载：有一次周文王在打猎前，得卦辞曰："此行所获，非龙非螭，非虎非罴，所获为成就霸业的辅佐。"于是，在周文王出行之后，就在渭水边上遇到了姜子牙，两人相谈甚欢。正谈到兴头的时候，周文王说："我祖父在世的时候，曾经多次告诉我，将来肯定会有一位非常了不起的人物来辅佐我成就霸业，想必这个人就是你。你真的就是家父盼望已久的人了！"也是因为这个原因，后人又把姜子牙称为是太公望。结果，姜子牙果然协助周文王和周武王，灭掉了殷商，辅佐周文王成就了霸业。

在民间，还流传着一个传说，说周文王拉姜子牙八百步，姜子牙保周朝八百年。传说是这样的：周文王经常外出打猎，有一天，在打猎途中，当行至渭河边时，他远远就看见有一位白胡子老人坐在河边垂钓，但是令人惊讶的是，老人所用的鱼钩竟然没有在水里，而是离水面还有三尺多的距离。周文王对此深感怪异，于是就走上前去询问，可是当他走近的时候才发现，老人所用的鱼钩竟然是直的。周文王站在老人身旁想看个究竟，可是始终没有看见有鱼上钩，他好奇地问道："您这样钓鱼，鱼什么时候才能上钩呀？"姜子牙回答："我不是在钓鱼，而是在钓人啊，自会有愿者上钩的。"周文王又问："那您曾经钓到过吗？"姜子牙收起鱼竿，转身对周文王说："就在今日。"周文王一听，知道自己一定是遇到高人了，于是赶忙躬身相请。而姜子牙却说："我可以随你回去，但是必须由你亲自为我驾车。"周文王听后，竟也毫不犹豫地亲自驾车拉着姜子牙往回走。后来，走了一段路程之后，周文王突然感觉到体力不支，于是就停了下来，转身问道："可以了吗？"姜子牙回答道："素闻文王敬重贤能，如今相见，果然名不虚传。今天你能够拉我走八百步，日后我定能保你周朝兴盛八百年。"周文王听到此话，赶紧说愿意再拉老人一段。可姜子牙却哈哈大笑，说道："天意如此，再拉无益。"于是，邀请周文王上车，一同前往西歧。后来，果然应验了姜子牙的话，从武王建立周朝到秦始皇建立秦朝，正好是八百年的时间。

【注释】

[1] 思：语气助词，没有实义。齐（zhāi）：端庄。大任：太任，指周文王的母亲。

[2] 媚：敬爱。周姜：太姜，周文王的祖母。

[3] 京室：周王室。

[4] 大姒（sì）：太似，指周文王的妻子。嗣：继承。徽音：美好的名声。

[5] 则百斯男：意思是说子孙众多。

[6] 惠：孝顺。宗公：宗庙的先人。

[7] 时：是。罔：无。

[8] 恫（tōng）：伤心。

[9] 刑：法则，这里指做典范。寡妻：君王谦称己妻。

[10] 御：治理。

[11] 雝雝：同"雍"，和谐的样子。宫：家。

[12] 肃肃：庄严恭敬的样子。

[13] 不显：丕显，指国家大事。临：视察。

[14] 射：不明显，隐蔽。保：提防，警惕。

[15] 肆：因此，所以。戎疾：大灾难。不：语气助词，没有实义。殄（tiǎn）：断绝。

[16] 烈假：指大病。瑕：过，去。

[17] 入：容纳，采纳。

[18] 斁（yì）：厌倦。

[19] 誉：同“豫”，乐于。髦：选拔。

【译文】

举止端庄的太任，是周文王的母亲。
受人尊敬的太姜，成为王室的贵妇。
太姒继承好名声，养育了众多子孙。

周文王孝敬祖先，神灵对他没怨恨。
神灵不给他伤痛，能给妻子做典范。
兄弟也能守法则，以此治理国和家。

文王家里很和谐，宗庙祭祀也恭敬。
国家大事亲视察，隐蔽小事也警惕。
因此大难都断绝，大病也都不再有。

听到忠言就接受，臣子进谏便采纳。
如今成人好品德，孩童弟子可造就。
文王诲人不倦怠，乐于选拔好人才。

木 瓜

——世间情意最无价

【原文】

投我以木瓜[1]，报之以琼琚[2]。
匪报也，永以为好也。

投我以木桃，报之以琼瑶[3]。
匪报也，永以为好也。

投我以木李，报之以琼玖[4]。
匪报也，永以为好也。

【赏析】

古人云：来而不往非礼也。这是我们这个礼仪之邦的习惯和规矩。在一般的人际交往中就是如此。男女之间的交往中更是如此。在男女之间的交往中“投桃报李”，已不只是一般的礼节，而是一种礼仪。礼物本身所具有的价值已经不重要了，象征的意义则更加突出，以显示两心相许，两情相悦。

今天的我们似乎已经不太看重仪式了。其实，仪式在我们的生活中还是具有非常特殊的作用，是不可或缺的，正如我们不能缺少阳光和空气一样。仪式绝对不是一种简单的、空洞的形式，它总与特定的意义相关联。男女之间的交往可以省去不必要的形式，但是却不能没有“投桃报李”的仪式。

《诗经·大雅·抑》中“投我以桃，报之以李”的句子，后来演化出“投桃报李”这个成语，用来比喻相互赠答，礼尚往来。与之相比，《卫风·木瓜》这一篇虽然也有从“投之以木瓜（桃、李），报之以琼琚（瑶、玖）”生发出来的成语“投木报琼”，但是“投木报琼”的使用频率却还是没有“投桃报李”那么高。可是如果因此就认为《抑》的传诵程度比《木瓜》要广，那可就大错特错了，这首《木瓜》是现今传诵最广的《诗经》名篇之一。

《木瓜》一诗，从章句结构上来看，非常有特色。首先，诗中并没有运用《诗经》中最典型的句式——四字句。这并不是不能用四字句，而是作者在有意无意地用一种独特的句式造成一种跌宕有致的韵味，在歌唱的时候易于达到声情并茂的效果。而且，语句也就具有了重叠复沓的效果。“木瓜”“木桃”“木李”根据李时珍《本草纲目》的考证是同一属的植物，它们的差异大概和橘、柑、橙之间的差异一样。这样的格式看起来就像唐代根据王维的诗谱写的《阳关三叠》乐歌似的反复咏叹，这也是由《诗经》

的音乐性与文学性所决定的。

你赠给我水果，我回赠你美玉，与“投桃报李”不同，回报的东西其价值要比受赠的东西的价值大得多，这也充分体现了一种人类的高尚情感（包括爱情，也包括友情）。这种情感所重视的是心心相印，是精神上的契合，而并不是单纯的物质的价值，因而回赠的东西和其价值的高低在这里实际上也只具有象征性的意义了，由此也可以看出对人与人之间情意的珍视，所以说“匪报也”。“投我以木瓜（桃、李），报之以琼琚（瑶、玖）”，其深层的语义应当是：虽然你送给我的是木瓜（桃、李），而你的情意其实比琼琚（瑶、玖）还要珍贵；我以琼琚（瑶、玖）相报，也难以表达我心中对你的感激之情。由此也可以看出作者胸襟的高朗与开阔，已经完全没有了衡量厚薄轻重的算计，他想要表达的就是：珍视、理解他人的情意便是最高尚的情意。

中国古代玉文化

中国文化学意义上的玉，内涵比较宽泛。汉代许慎在《说文解字》一书中说：“玉，石之美兼五德者。”所谓五德，即指玉的五个特性。凡是具有坚韧的质地、晶润的光泽、绚丽的色彩、致密而透明的组织、舒扬致远的声音的美石，都被认为是玉。按照这一标准，古人心目中的玉，不仅包括真玉（角闪石）还包括蛇纹石、绿松石、孔雀石、玛瑙、水晶、琥珀、红绿宝石等彩石玉。因此，在鉴赏古玉的时候，我们不能只用现代科学知识来甄别其优劣，还必须要有历史的眼光。

中国是世界上主要的产玉国，不仅开采的历史非常悠久，而且玉石材料的分布地域也极其广泛，且蕴藏储量非常丰富。根据《山海经》的记载，中国产玉的地点有两百多处。经过数千年的开采利用，有的玉矿已经枯竭，但是一些著名的玉矿至今仍然在大量开采，为中国玉雕艺术的发展，提供了源源不尽的原料。中国最著名的产玉地点是新疆的和田。和田玉蕴量最富、色泽最艳、品质最优、价格最昂，是中国古代玉器原料的重要来源，历代皇室都爱用和田玉来制作工艺品。除了和田玉以外，甘肃的酒泉玉、陕西的蓝田玉、河南的独山玉和密县玉、辽宁的岫岩玉等，也是中国玉器的常用原料。

中国加工制作玉器的历史源远流长，至今已经有七千年的辉煌历史了。七千年前，南方河姆渡文化的先民们，在选石制器的过程中，有意识地把拣到的美石制成装饰品，用来装饰自己，美化生活，从此揭开了中国玉文化的序幕。在距今四五千年前的新石器时代中晚期，辽河流域、黄河上下、长江南北，中国玉文化的曙光到处闪耀着。当时玉器的加工已经从制石行业中分离出来，成了独立的手工业部门。以太湖流域良渚文化、辽河流域红山文化的出土的玉器，最为引人注目。

良渚文化的玉器种类较多，典型的器形有玉琮、玉璧、玉钺、三叉形玉器以及成串的玉项饰等。良渚玉器以体大自居，显得深沉严谨，对称和均衡都得到了充分的应用，尤其是以浅浮雕的装饰手法见长，特别是线刻技艺达到了后世也几乎望尘莫及的地步。最能反映良渚琢玉水平的是形式多样、数量众多，又使人感到非常神秘的玉琮和兽面羽人纹的刻画。

与良渚玉器相比，红山文化很少有呆板的方形玉器，而是以动物形的玉器和圆形的玉器为特色。典型的器形有玉龙、玉兽形饰、玉箍形器等。红山文化的琢玉技艺最大的特点是，玉匠能巧妙地运用玉材，把握住物体的造型特点，即使是寥寥数刀，也可以把器物的形象刻画得栩栩如生，十分传神。“神似”是红山古玉最大的特色。红山古玉，不以大取胜，而是以精巧见长。

良渚、红山的古玉多出自大中型墓葬。新石器时代的玉器除了祭天祀地，陪葬殓尸等几种用途以外，还有辟邪，象征着权力、财富、等级的作用。因此，中国的玉器一开始，就带有了神秘的色彩。

传说中的夏代，是中国的第一个阶级社会。随着考古资料的不断涌现，传说逐步变为了现实，夏代文化正在不断地被揭示出来。夏代玉器的风格，应该是良渚文化、龙山文化、红山文化玉器向殷商玉器的过渡形态，这一点可以从河南偃师二里头遗址出土的玉器窥其一斑。二里头出土的七孔玉刀，造型源出于新石器时代晚期的多孔石刀，而刻纹又带有商代玉器双线勾勒的特点，应该是夏代玉器。

商代是我国第一个有书写文字的奴隶制国家。商代文明不仅以庄重的青铜器闻名，也以众多的玉器著称。

商代早期玉器，琢制比较粗糙。商代晚期玉器以安阳殷墟妇好墓出土的玉器为代表，共出土玉器 755 件，按用途可分为礼器、仪仗、工具、生活用具、装饰品和杂器六大类。最令人叹服和最为成功的是，商代已经开始出现大量的圆雕作品，此外玉匠还运用双线并列的阴刻线条（俗称双勾线），有意识地将一条阳纹呈现在两条阴线中间，使阴阳线同时发挥出刚劲有力的作用，而把整个图案变化得曲尽其妙。既消除了完全使用阴线的单调感，又增强了图案花纹线条的立体感。

西周玉器在继承殷商玉器双线勾勒技艺的同时，独创一面坡粗线成细阴线镂刻的琢玉技艺，这在鸟形玉刀和兽面纹玉饰上大放异彩。但从总体上看，西周玉器不像商代玉器那样活泼多样，而显得有点呆板，过于规矩。这与西周严格的宗法、礼俗制度也不无关系。

春秋战国时期，政治上诸侯争霸，学术上百家争鸣，文化艺术上百花齐放，玉雕艺术光辉灿烂，它可与当时地中海流域的希腊、罗马石雕艺术相媲美。

东周王室和各路诸侯，为了标榜自己的身份、地位和道德修养，都把玉当作自己（君子）的化身。他们佩挂玉饰，以标榜自己是有“德”的仁人君子。“君子无故，玉不去身。”每一位士大夫，从头到脚，都有一系列的玉佩饰，尤其腰下的玉佩系列更加复杂化。所以当时佩玉的制作特别发达。

春秋战国时期，和田玉大量输入中原，王室诸侯竞相选用和田玉，此时儒生们把礼学与和田玉结合起来研究，用和田玉来体现礼学思想。为了适应统治者喜爱和田玉的心理，便以儒家的仁、智、义、礼、乐、忠、信、天、地、德等传统观念，比附在和田玉物理化学特性上的各种特点，随之“君子比德于玉”，玉有五德、九德、十一德等学说也应运而生。由于玉独特的属性而被赋予了哲学思想，并被道德化；玉的形制，被加入阴阳的思想而走向宗教化；玉的尺度，则被赋予象征爵位等级的作用，被政治化，是当时礼学与玉器研究的高度理论概括。这是中国玉雕艺术经久不衰的理论依据，是中国人七千年爱玉风尚的精神支柱。

秦代由于出土的秦玉寥寥可数。秦玉的艺术面貌还有赖于地下考古的新发现。

汉代玉器继承了战国玉雕的精华，并且有所发展，从而奠定了中国玉文化的基本格局。汉代玉器可分为礼玉、葬玉、饰玉、陈设玉四大类，最能体现汉代玉器特色和雕琢工艺水平的，是葬玉和陈设玉。

在中国玉器工艺发展史上，长达三个半世纪的三国魏晋南北朝时期，是高度发达的汉唐玉雕之间的一个低潮期，出土的玉器非常少，而且都具有汉代的遗韵，只有玉杯和玉盏算是创新的作品。这与当时风靡一时的佛教美术和陵墓石刻艺术极不相称。究其原委，当时不爱好琢玉，而是盛行吃玉。在神仙思想和道教炼丹术的影响下，觅玉、吃玉达到了疯狂的程度。“玉亦仙药，但难得耳。”“服金者，寿如金；服玉者，寿如玉。”早期玉器的美术价值和礼仪观念，这时已消失殆尽。

隋代的玉器琢磨精细，质地温润，光泽柔和，金玉互为衬托，富丽高雅。

唐代的玉器数量虽然不多，但是所见的玉器件件都是珍品，工艺极佳。唐代玉匠从绘画、雕塑及西域艺术中汲取艺术营养，琢磨出具有盛唐风格的玉器。

公元 960 年至 1234 年的 274 年间，是中国历史上宋、辽、金的对峙分裂时期。宋代虽不是一个强盛的王朝，却是中国文化史和艺术史上一个极其重要的时期。宋、辽、金既互相挞伐又互通贸易，经济、文化交往十分密切，玉器艺术共同繁荣。宋徽宗赵佶的嗜玉成瘾、金石学的兴起，工笔绘画的发展，城市经济的繁荣，写实主义和世俗化的倾向，都直接或间接地促进了宋、辽、金玉器的空前发展。宋、辽、金玉器实用装饰玉占重要地位，“礼”性大减，“玩”味大增，玉器更接近现实生活。南宋的玉荷叶杯，北宋的花形镂雕玉佩，女真、契丹的“春水玉”“秋山玉”，都是代表这一时期琢玉水平的佳作。

元代玉器延续了宋、金时期的艺术风格，采取起突的手法，其典型器物是渎山大玉海，随形施艺，海神兽畅游于惊涛骇浪之中，颇具元人雄健豪迈的气魄。

明清时期是中国玉器发展的鼎盛时期，其玉质之美、琢工之精、器形之丰、作品之多、使用之广，都是前所未有的。明清皇室都爱玉成风，乾隆皇帝更是不遗余力地加以提倡，并试图从理论上为他爱玉如命寻找依据。这一时期民间玉肆十分兴隆，苏州专诸巷是明代的琢玉中心，“良玉虽集京师，工巧则推苏郡”。

明清玉器千姿百态，茶酒具盛行，仿古玉器层出不穷。炉、薰、瓶、鼎、簋仿古玉器，器型仿三代青铜彝器，而其纹饰则反映了玉匠独特的艺术见解。工艺上也是精益求精。玉器与社会文化生活关系日臻密切，文人在书斋作画、书写，往往也用玉做洗、注、笔筒、墨床、镇纸、臂搁等文具，或以玉作陈设装饰。玉山子是清代特有的新式玉器，大禹治水图是我国现存最大的玉山子。清代兼收西域痕都斯坦式玉器的琢玉成就，琢制了一批胎薄如纸，轻巧隽秀的“番作”玉器。明清玉器借鉴绘画、雕刻、工艺的表现手法，汲取传统的阳线、阴线、平凸、隐起、起突、镂空、立体、俏色、烧古等多种琢玉工艺，融会贯通，综合应用，使其作品达到了炉火纯青的艺术境界。

中国玉器经过七千年的持续发展，经过无数能工巧匠的精雕细琢，经过历代统治者和鉴赏家的使用赏玩，经过礼学家的诠释美化，最后成为一种具有超自然力的物品，无所不能，无处不用玉，玉成了人生不可缺少的精神寄托。在中国古代艺术宝库中，自新石器时代绵延七千年经久不衰者，是玉器；与人们生活关系最密切者，也是玉器。玉已深深地融入了中国的传统文化与礼俗之中，充当着特殊的角色，发挥着其他工艺美术品所不能替代的作用，并打上了政治的、宗教的、道德的、价值的烙印，蒙上了一层使人难以揭开的神秘面纱。

中国玉器在世界琢玉工艺史上占有绝对优势，中国既是产玉大国，又是琢玉大国。中国玉器在世界文化宝库中独树一帜，闪耀着迷人的光彩。

【注释】

[1] 投：投送。

[2] 琼：美玉。琚（jū）：佩玉。

[3] 瑶：美玉。

[4] 玖（jiǔ）：浅黑色的玉。

【译文】

你送给了我木瓜，我以美玉回报你。
美玉不仅是回报，主要为了永相好。

你送给了我木桃，我用美玉作回报。
美玉不单是回报，主要为了永相好。

你把木李送给我，我用美玉作回报。
美玉不仅是回报，也是为了永相好。

参考书目

1.《诗经新注》聂石樵主编　齐鲁书社　2006 年 6 月

2.《诗经名物新证》扬之水著　北京古籍出版社　2000 年 2 月

3.《闻一多诗经讲义》刘晶雯整理　天津古籍出版社　2005 年 1 月

4.《〈诗经〉散论》雒启坤著　商务印书馆　2003 年 7 月

5.《诗经的历史》钱发平著　重庆出版社　2006 年 3 月

6.《话说中国——诗经里的世界》杨善群　郑嘉融著　上海文艺出版社　2005 年 8 月

7.《诗经别裁》扬之水著　江西教育出版社　2000 年

8.《诗经选注》蒋立甫著　北京出版社　1981 年

9.《诗经民俗文化阐释》王巍著　商务印书馆　2004 年

10.《诗经楚辞鉴赏辞典》周啸天主编　四川辞书出版社　1990 年 3 月

11.《中国古代衣食住行》许嘉璐著　北京出版社　1988 年

12.《中国古代文化常识》王力主编　江苏教育出版社　2005 年